撰者・藤原定家の霊が自ら解説

実は昼ドラちっくな!? 百人一首

関根尚

目次

登場人物紹介

高橋寧人
(14歳)

中学2年生の文芸部部長…だが、百人一首はかじった程度。

メアリー

交換留学生として来日。寧人の家にホームステイ中。日本好き。

紫式部

中宮彰子の女官。平安時代きっての作家・歌人。『源氏物語』『紫式部日記』の作者。

藤原定家

百人一首や『新古今和歌集』の撰者にして、和歌の神とも称される歌人・貴族。

清少納言

中宮定子の女官。平安時代きっての随筆家・歌人。『枕草子』の作者。

平兼盛

平安中期の歌人で光孝天皇の曾孫。「天徳内裏歌合」で壬生忠見に勝利。

壬生忠見

官位に恵まれない苦労人。平兼盛に敗れ、失意のあまり早世する。

和泉式部

平安時代の恋多き歌人。藤原道長いわく「浮かれ女」。

小式部内侍

和泉式部の娘。歌の才と恋愛体質は母譲り。

後鳥羽院

承久の乱の首謀者で隠岐に遠島となる。優れた歌人でもあり、事実上、『新古今和歌集』の撰者の一人。

プロローグ

現代に甦った藤原定家

ネイトサン
大丈夫デスか?
あっうん
全然
大丈夫!!
ゼンゼン?
?
この子は
メアリー
交換留学生として
現在ボクの家に
ホームステイしている
日本好きの女の子だ
ジャパニーズフィギュアが
安く買えて、私とても
嬉しいデス!
ジャパニーズフィギュア
…って仏像のこと!?
あはは…あのおじいさん
ずいぶん安く譲ってくれたよね
まさか
たまたま行った骨董市で
こんな仏像が売ってるとは
思わなかったけど…
骨董市

うわー
素敵デス！
欲しいデス！
AMAZING!
お嬢さん
はるばる海を渡って
来てくれたんだろう？
ふぉっ
ふぉっ
五百円でいいよ
そうそう
おまけで
これもあげよう
ガタ…
カシャ
カシャ
とっても親切な
おじいサンでした！
そうだね、
仏像を背負う縄も
サービスしてくれたし…

ただいまーっ
…あれ？母さん買物かな？
あ〜重かった…
どーーん
…
ネイトサン…おじいサンのくれた物何デスカ？
えっ
あ
これは…！
百人一首だ…！
いつの時代のだろう？だいぶ古そうだね
オー！ジャパニーズカードゲームデスか？
そう、短歌が書いてあるカードだよ
タンカ？

短歌は和歌の形式の一つで五・七・五・七・七の音で詠《よ》まれる詩歌…
あ、えーと、ポエムみたいなものだよ
一応文芸部部長
俳句と似てマスねー
マツオバショー
そう！俳句は五・七・五だね
ネイトはいろいろ知っててすごいデスね!!
にこっ
ボッ
そそそそんなことないよっ…
あっボク お茶いれてくる！
beautiful…
ポウ…

カチャ カチャ
う〜ドギマギ しちゃって 恥かしいなぁ…
だって急に 呼び捨てなんだもん
お茶 持ってきた よ
ピロリ〜ン♪

…えーと…
ど、どちら様…？
コスプレ…？
…
私は藤原定家
平安・鎌倉の時代に
生きていた人間だ
…は？
ネイト！この人
カードから出て
きたデス!!
平安・鎌倉時代って…
何言ってんだこの人…
そ…
そんな話
信じられるわけ
ないでしょう？
ほんとデスッ

突然カードがスパーキングして
目の前にこの人いましタ!!
もー私嬉しくて一緒に写真撮って貰いマシタ!
いやいや何でそんな順応早いの!? 普通そんなの信じられないよッ
私読んだことあるデス『ヒ●ルの碁』♡
あれも平安時代の人がよみがえる話デスよ♫
もうっメアリーはだまっててっ!!
そんな話が本当だったら目の前のこの人はゆ・ゆ・幽霊ってことになっちゃうじゃないか…!!
藤原定家…?
誰だっけ…
聞いた事あるけど思い出せない…
歴史上の人物って藤原姓多すぎなんだよ…ッ
ああっ…
…
おい、小童《こわっぱ》

ググレカス…「ggrks」と表記される
検索エンジンで検索しろの意のネットスラング

ただいまー
あら、寧人と
メアリーちゃん
帰ってたの？
母さんには
見えて…ない!?
まさか…
そんな…
何この
仏像!?
アラ
と…百人一首？
あっ
藤原定家って…
百人一首の!?
そうだけど？
藤原定家
1162〜1241
小倉百人一首の撰者
そんな人が
ググレカスとか…
覚えたので
使ってみたかったのだ
ええ〜…
ふっ

私は大和言葉を愛している…
言葉がどう変化しそれを使う人々がどんな言葉をつむぐのか
見届けるまでは自分の意志で成仏しないと決めているのだ
…そんな理由で何百年も…？
うむ
百人一首の札を依代《よりしろ》に世を渡ってきたのだ
Oh！ 百人一首を作った人なんデスか!?
ぜひ百人一首のこと教えてくださサーイ!!
ちょっ…メアリーなんで君はそんなに気にしない人なの!?
…そうだな これも何かの縁
ふっ…
教えてやろう
ノッてきたー!?
こうしてボクは特に望んでいない百人一首の世界へといざなわれたのでした…
わーーんっ
成仏してくださーい
アラアラ楽しそうね～

藤《ふじ》原《わらの》定《てい》家《か》

名門藤原家の北家《ほっけ》御子左《みこひだり》流の家に生まれる。父は『千載和歌集』の撰者として知られる藤原俊成《しゅんぜい》。平安時代末から鎌倉時代にかけての代表的歌人。国家事業である『新古今和歌集』『新勅《ちょく》撰《せん》和歌集』の撰者を務める。和歌を論じた歌論書『毎月抄《まいげつしょう》』『近代秀歌』『詠歌大概』を執筆し、現代に伝わる和歌のさまざまなテクニックを書き残した。『小倉百人一首』の撰者でもあり、定家自身の作品は、「来ぬ人を まつほの浦の夕なぎに 焼くや藻塩の 身もこがれつつ」が収録されている。非常に執念深い性格で、学者肌。『源氏物語』『土佐日記』などの古典の書写や注釈も手掛けている。また、18歳から74歳までの56年にわたる克明な日記『明月《めいげつ》記《き》』を書き残していて、この時代の貴重な史料となっている。

教科書にのらないここだけの話

藤原定家は、歌人としては名声を獲得し、歌の世界ではのちのちまで「神」の如く尊敬を集めた。一方で、定家の出身である御子左家は藤原摂関家とは非常に縁遠かったため、宮廷貴族としての出世には恵まれなかった。晩年になってようやく中納言《ちゅうなごん》になったのがせいぜいだ。ただし、まだ若いころの定家は、新嘗祭《しんじょうさい》という天皇にとって極めて重要な儀式のさなかに、源雅行《みなもとのまさゆき》という公家と取っ組み合いの喧嘩を演じて、罰を受けるという失態を犯している。どうも出世できなかったのは、本人の性格にも問題があったようだ。

本人自身、有職故実《ゆうそくこじつ》に通じているという自負があったらしく、それなりに公家としての出世を望んでいたようで、国宝に指定されている定家の日記『名月記』には、出世できなかった恨み言が書かれている。

父の俊成は、優れた歌人であると同時に、独特の味わいのある能筆家としても知られるが、定家はそれに輪をかけて個性的な文字で、同時代の貴族の大半が流れるような流麗な書風だったのに、一文字一文字、はっきりした文字を書くクセがあった。本人は自分の「悪筆」を気に病んでいたようだが、あまりに歌人として有名になったためか、その悪筆でさえ「定家様」と呼ばれて真似されるようになった。あの徳川家康も、「定家様」を書道の手本としていたという。

コラム②

定家と藤原家

私の名は藤原定家
「ていか」でも「さだいえ」でも好きなよう呼んでくれ

※「ていか」は有職読み

御子左家出身の貴族であり歌壇の第一人者藤原俊成の息子である
ふぉっふぉっ
俊成
バーン
つまり生まれながらの和歌のエリートッ!!

※御子左家…（みこひだりけ）藤原道長の六男家

『新古今和歌集』や『新勅撰和歌集』を撰進『小倉百人一首』など後世に残る多くの功績を残した
いわば和歌の歴史のレジェンドッ!!
ドドーン

※定家は優れた古典文学研究者でもありその貢献は計り知れない

…というキャラ設定のコスプレイヤーですよね？
ちょっと設定盛りすぎですよ
コスプレじゃないっつーの

コスプレイヤーの衣装は大抵ポリエステル製だろ
ふんっ
これ絹だから！家でお洗濯できないやつだから！

※貴族は洗濯しなかったという説あり。使い捨てか、身分が下の者に与えた（下賜《かし》）

定家と藤原家

藤原道長は御堂関白《みどうかんぱく》と呼ばれ、藤原摂関家の歴史上、最大の権力を誇示した人物として知られている。その子孫からは数多くの系流が生まれたが、御子左家《みこひだり》もその一つである。道長の六男藤原長家《ながいえ》が御子左家の祖で、その後は藤原忠家《ただいえ》、俊忠《としただ》、俊成、定家、為家《ためいえ》と続いた。

第六十代天皇の醍醐《だいご》天皇には、第十一皇子の兼明《かねあきら》親王という御子がいた。親王は左大臣に就任したことから「御子左大臣」という通称され、その邸宅も「御子左邸」と呼ばれていた。のちに藤原長家は、この「御子左邸」を拝領。「御子左民部卿《みんぶきょう》」と呼ばれることになる。これが御子左家の名の由来である。

長家は、『後拾遺和歌集』以下の勅撰和歌集に四十四首の作品が選ばれるなど、歌壇の中心的人物の一人であった。そして、平安時代末から鎌倉時代初期にかけて、長家の曾孫である藤原俊成、その子定家が登場したことで、御子左家は「歌道の家」として確立され、以後、長く歌壇のトップとして君臨することになる。

定家は和歌の世界においては「神」のように崇められる存在となったが、その子為家は、若いころは歌だけでなく蹴鞠《けまり》にも熱意を見せた。そのため、為家の嫡流は「蹴鞠の家」としても知られるようになり、御子左流と呼ばれた。

鎌倉時代後期になると、為家の三人の子が相続争いをきっかけに対立し、御子左家は嫡流の御子左家、庶流の京極家、冷泉家の三家に分かれた。

それにしても…
何なんだ?
この状況…
今日のおやつ…
これは
パンケーキでショウか?
ああ、それは
ドラ焼きといって
言わばパンケーキに
あんこをはさんだ
ものだな
……。
ドラ焼きは
ドラえもんの
好物だな
オー!! コレがドラえもんが
いつも食べてる
「ヤミーパンズ」デスか!?
メアリーが
ソッコー打ち解けてる
のが信じられない…
怪しすぎだろっ
…あの!
ボクまだ
あなたが本物の
藤原定家だと
信じたわけじゃ
ありませんから!

…まァ 信じても 信じなくてもいい
私は私が 藤原定家だと 知っているから
それで充分だ
ハーイ!!
定家センセイ! さっそく百人一首のこと 教えてくだサーイ!!
くっくっ
この子はまた 一切の疑念を持たず… お前とは対照的だな
そうだな… まずは百人一首のことを どれくらい知っているか 聞こう
和歌のカードゲーム ということしか 知りまセーン
えと
百人の歌人の歌を 集めたもので… 撰者は藤原定家…
現在では競技かるたなどでも 親しまれている…とか
それくらいしか
百人一首の中で 好きな歌はあるか?
えっ!? 好きな歌!?

別に好きってわけじゃないですけど
いくつかなら覚えてますよ
授業で習いましたから
「瀬をはやみ岩にせかるる滝川のわれても末にあはむとぞ思ふ」
とか…
……
な
何ですか
「来ぬ人をまつほの浦の夕なぎに焼くや藻塩の身もこがれつつ」
という歌は…?
えー?
そんな歌ありましたっけ?
コーン
大丈夫デスか
スマン これは私の詠んだ歌なのだ
思わずポルターガイスト現象を起こしてしまった
〜っ
自分で詠んだ和歌を自分で選んで百人一首に入れちゃったんですか!?
ずいぶんと自信ありますね!

当り前だろう?
自分の作ったものに自信がなくてどうする
最高のものができたと確信した時に和歌《うた》は詠むものだぞ
うっ…
…!! くそ〜 ちょっとカッコイイ…
定家サンの歌、どういう意味デスか?
?
まぁ簡単に言うと恋の歌だな
オー!! ラヴソングでしたか!
sweet!
たしか
百人一首って恋の歌ばっかりですよね…
そうでもないぞ
恋を詠んだものが43首
季節を詠んだものが32首
その他のものが25首だ

そうだな… 例えばこの歌 どう感じる？
めぐりあひて 見しやそれとも わかぬ間に
雲がくれにし 夜半の月かな
久しぶりにめぐり逢ったのに あなたかどうかも分からないうちに 去って行ってしまいましたね。 すぐに雲にかくれてしまった月のように…
（現代語訳）
ワオ！ ロマンチック デスねー
これは 恋の歌でしょ？
ブーッ
ブーッて！
違うんですか!?
これはあの 紫式部が 詠んだ歌なのだが…
あ〜 『源氏物語』の！
恋の歌ではなく 幼友だちとの 再会を詠んだ ものなのだ
フレンドシップの 歌でしたか！
そもそも 『源氏物語』を知っているのか？
知ってマス！ 平安時代に描かれた 少女漫画デスよね
違う違うよ メアリー…
それは たぶん コミカライズされた… あさきゆめみし？
『源氏物語』って 長編恋愛物語…って 感じですよね？
その作者の和歌なのに 恋の歌じゃないなんて 意外です
フフフ… やはりそう 思ったか？
・・・・・だからこそだ

あえて恋の歌は選ばなかったのだー!!
はっはっはっ
そうだった この人が撰者だった!!
それこそ『源氏物語』の中には恋の歌がたくさん出てくるがな
作中に和歌が795首もでてくるのだ
そんなに!?
紫式部=《イコール》恋愛ものってイメージだろう? そんな普通すぎることしたくないんだよネー
私としてはネ~
ふふんっ
はぁ…
どうでもいいけどイコールとかイメージとか外来語使いこなしてるなぁこの鎌倉歌人…
そもそも紫式部本人が陰キャだしな…
そ、そんな言葉まで使うんだ…
紫式部は結婚後すぐ未亡人となってしまったのだが…
旦那がかなり年上だったからな
『源氏物語』は未亡人になってから書き始めたものなのだ

※陰キャ…陰気な人物

いわば「未亡人が個人的に書いていた恋愛小説」が評判になったわけだ
それが『源氏物語』
うふふ…
ふふ…
想像するとちょっとさみしい…
うーん そう言われると なんとなく本人は真面目なタイプなのかな …と思いますね
誤解を恐れずに言うと ムッツリスケベな才女 といったところだな…
ふっ…
言ってしまった…
酷い偏見ッ!!
ムッツリスケベって何デスか?
ムッツリスケベとは激しい性衝動を内面に抱えつつも努めてそれを表に出さぬ性質の事だ
セーショードーって何デスか?
?
メアリーに変なこと教えないでくださいッ
紫式部サンは小説家だったんデスか?
あ…ボクも『源氏物語』の作者としか知らないや…
紫式部は藤原為時の娘で幼い頃から漢詩文をよく理解し
この子が男だったらよかったのに
と父親から言われたという
なぜ女じゃだめなんデショウ…
当時は女性の社会的な活躍が制限されていたのだ
家督も継げんしな
ちなみに公共の場では漢文が使われていたのだが…
安
安
あ
平安時代になって女性の文字である平仮名が誕生した事も紫式部の才能を開花させた大きな要因だな

『源氏物語』が評判となり
その噂を聞きつけた
藤原道長が、自分の娘の
家庭教師としてつけたのが
宮仕えの始まりだという
げっ
また出たよ
藤原姓
ホームティーチャー
ですか
ちなみに
道長は私の
祖先ね
道長の兄藤原道隆の娘
定子は一条天皇の中宮…
つまり皇后だったのだが
道長も同様に
自分の娘を一条天皇に
嫁がせたのだ
はぁ…?
?
つまり…
どういう事ですか?
実の兄弟が共に
娘を天皇に嫁がせて
ゆくゆくは自分の孫を天皇にし
政治をあやつろうと目論んで
いたという事だ
道長
娘・彰子
道隆
娘・定子
摂関政治だな
兄弟間での
政治的権力争い…
世知辛いだろぉ〜
なんか
ドロドロして
そうですね
定子には
才女・清少納言が仕えていたので
それに対抗したい思いもあり道長は
紫式部に宮仕えの要請をしたのだ
ろうな
清少納言!
『枕草子』の?
マクラノソーシ?
有名な随筆…
エッセイだよ
春はあけぼの…
ボク授業で習ったよ
確か紫式部と
清少納言はライバル
だったんですよね?
…
いや

おそらく二人に面識は無いはずだ
えっ!? そーなの!?
清少納言の方が七歳ほど年上であり宮仕えしていた期間がかぶっていないのだ
前述のとおり二人は対抗する派閥に属していた…ゆえにライバルだったのではないかと勝手に想像されたのだ
あとは『紫式部日記』に清少納言の悪口が書いてあるからだと考えられるが…
清少納言って知識ひけらかしてるけど間違いだらけだし軽薄なのよ そんなんじゃろくな人生にならないわよ
ブツブツ…
ま、それはホラ陰キャだから…
陰キャの一言で片付けないでくださいよ
清少納言の和歌も百人一首に入ってましたよね?
ああ
夜をこめて鳥のそら音は はかるとも よに逢坂の 関はゆるさじ
…
…
どういう意味ですか?
ゼンゼン ワッカリマセーンッ
ボクなんか日本人なのに全然分からない…

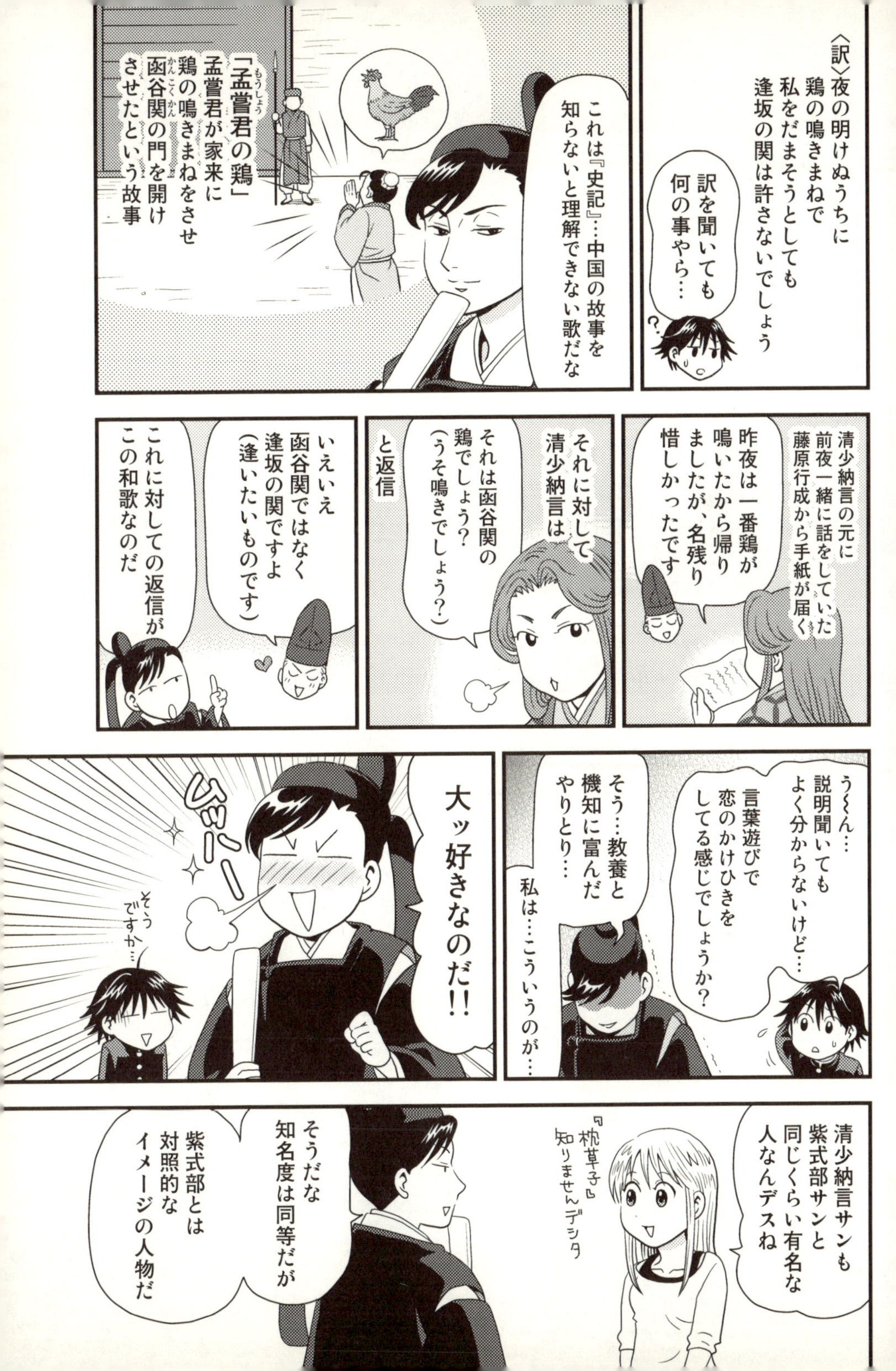

〈訳〉夜の明けぬうちに鶏の鳴きまねで私をだまそうとしても逢坂の関は許さないでしょう
訳を聞いても何の事やら…
これは『史記』…中国の故事を知らないと理解できない歌だな
「孟嘗《もうしょう》君の鶏」孟嘗君が家来に鶏の鳴きまねをさせ函谷関《かんこくかん》の門を開けさせたという故事
清少納言の元に前夜一緒に話をしていた藤原行成から手紙が届く
昨夜は一番鶏が鳴いたから帰りましたが、名残り惜しかったです
それに対して清少納言は
それは函谷関の鶏でしょう?(うそ鳴きでしょう?)
と返信
いえいえ函谷関ではなく逢坂の関ですよ(逢いたいものです)
これに対しての返信がこの和歌なのだ
う〜ん…説明聞いてもよく分からないけど…
言葉遊びで恋のかけひきをしてる感じでしょうか?
そう…教養と機知に富んだやりとり…
私は…こういうのが…
大ッ好きなのだ!!
ムッハーー
そうですか…
清少納言サンも紫式部サンと同じくらい有名な人なんデスね
『枕草子』知りませんデシタ
そうだな知名度は同等だが
紫式部とは対照的なイメージの人物だ

4G
Instagram
seishounagon
いいね！ 1012件
#kyuuchuu
seishounagon
♡♡定子さまと！♡♡
愚痴や批評が多い『紫式部日記』に対して『枕草子』には自慢話ともとれる話が散りばめられていてな…
まるでインスタグラムやフェイスブックでのリア充自慢のような内容なのだ
やたらネットの世界に詳しいですねホント
スマホ持ってるの!?
〈例〉
「大勢のお付きの者の中から自分の近くに来るようにと定子さまが私を招き寄せてくれた」
「定子さまが以前私が言っていた事を覚えていて贈り物をしてくださった」
「定子さまの謎かけに上手く答えたらさすが清少納言ねとおほめいただいた」
定子さま〜〜〜
はぁ〜
定子さまの事好きすぎでしょ
清少納言が仕えていた藤原定子は教養に溢れ輝くばかりの美貌を持った素晴らしい女性だったという
一条天皇も夢中
差し出された定子さまの薄紅梅色の手を見て…
はっ
なんて美しい…！
こんな人がこの世にいるなんて…
うっとり…
ポ〜ッ…
あの〜…
これってもう恋してませんか？

その通り、清少納言はまさに恋にも似た想いで中宮定子に心酔していたのだ…
シンスイって何ですか？
ヒソヒソ
心から夢中って意味だよ
定子さま大好きっていうのはよく分かりましたけど…
自分がその人にいかに特別扱いされていたかって事ばかり書いてあるんでしょ？
やっぱり自慢する気持ちが強かったのかな？
…
『枕草子』は・・・・・・楽しかった頃を・・・・懐かしんで書かれたものなのだ
え？
権力争いの渦中にいた中宮定子は父・道隆が亡くなると後ろ盾を無くし凋落…出家する
その後、一条天皇に熱心に説得され再び参内するも、時を同じくして道長の娘・彰子が皇后となったため定子は宮中のはずれでひっそりと暮らした
そして第3子の出産直後24歳で亡くなってしまった
煙とも雲ともならぬ身なれども草葉の露をそれとながめよ

敬愛する定子が亡くなった時清少納言がどんなに悲嘆に暮れたか…想像に難くないだろう?
定子の存命中から『枕草子』は執筆されていたが、死後も9年間に渡って書き続けられた
定子さま…
あんな事がありましたね
こんな事もありましたね
嬉しかったです
楽しかったです
そっか…だから楽しい思い出だけを書いたんだ…
中宮定子を追いやった藤原道長に対する不満や恨み言もあっただろう…
しかし暗い話は一切書かずに宮中での美しい思い出と定子への賛歌を一心に書いた…
それが『枕草子』なのだ
カンドーしまシタッ
びくっ
読んでみマスッ『枕草子』!!

清少納言は本望だろうな
メアリーのような異国の少女に
千年経った今も
中宮定子がどんなに素晴らしい人物だったかを伝え続けられるのだ
言葉とはなんと素晴らしいものよ
言葉…
トクン…
どうだ？歌や作品の背景を知るのはなかなか味わい深いものだろう？
はっ
そ、そうですね あんまり興味無いと思ってましたけど…
普通は歴史上の人物を直接知ってる人になんて話は聞けませんからね

え?
私は紫式部や清少納言に直接会った事なんて無いけど?
え
そーなんですか!?
紫式部や清少納言が活躍していたのは私の産まれる百年前の話だぞ
直接見知ったわけではない
直接知らないくせに陰キャとか言ってたんですか…!?
えぇ〜〜
すまん完全に独断と偏見だ
テヘッ
そもそも百人一首は飛鳥・奈良時代から平安・鎌倉時代まで六百年間の作品を編んだものなのだぞ
キリッ
私は平安時代末期から鎌倉時代の人間だ…。他の時代の事は関西弁で言うところの「よう知らんけど」がつくと思って聞くように
開き直ったー
ガビーン
ということは…紫式部サンはムッツリスケベじゃなかったデスか?
その日本語はもう忘れなさい

清《せい》少《しょう》納《な》言《ごん》と紫《むらさき》式《しき》部《ぶ》

ともに平安時代を代表する作家・歌人。清少納言の「少納言」も、紫式部の「式部」も、父や夫などの職名に由来すると思われるが、詳細は不明。清少納言は清原元輔《きよはらのもとすけ》の娘。橘則光《たちばなのりみつ》と結婚したが離婚。次いで藤原棟世《ふじわらのむねよ》と再婚。一条天皇の皇后となる中宮《ちゅうぐう》定子に私的な女官として仕えた。随筆の傑作『枕草子』で知られる。

紫式部は、下級貴族の藤原為時《ためとき》の娘。藤原宣孝《のぶたか》と結婚するが死別。小説『源氏物語』の執筆にとりかかったところ、藤原道長の目に留まり、道長の娘で一条天皇の中宮となった彰子に仕えるようになる。『紫式部日記』で清少納言を激しく批判していることから両者のライバル関係が取り沙汰されてきたが、実際には接点はなかったらしい。

教科書にのらないここだけの話

平安時代の国風文化を象徴する女流作家二人。ともに天皇の妃である中宮に仕えるという「働く女性」であり、「できる女性」でもあった。この時代の女性のつねではあったが、二人とも本名は伝わっていない。そして、いつどこで亡くなったのかもはっきりせず、眠っている墓についても、諸説あって確定していない。特に清少納言は、その墓と伝わる場所が徳島県鳴門市、香川県の象頭山《ぞうずさん》にあり、さらに広島県や滋賀県にも複数の「墓にまつわる伝承」が残されている。

清少納言について、紫式部は「自信家で鼻持ちならないが、実際にはたいしたことない」と評している。実際、彼女の随筆『枕草子』を読むと、相当に頭が良くて自信家で、ときに結構な毒舌家でもあったのは事実だ。しかしそれは、己の才覚ひとつで社会に認められよう、出世しようと呻吟《しんぎん》するキャリアウーマンの精一杯の「強がり」と言えなくもない。

清少納言を批判した紫式部はどうか。清少納言に辛辣《しんらつ》な言葉を投げかけたのは、個人的な恨みがあってのことではないようだ。自分の「主人」である彰子がいかに優れた女性であるかをアピールするため、もう一人の中宮であった定子を批判したい。しかし仮にも相手は中宮である。仕方なく定子の秘蔵っ子であった清少納言をディスったというのが真相だろう。つまり彰子を敬慕するあまりの蔭口だったのだ。

コラム④

いっちょかみ

残念ながら紫式部の書いた『源氏物語』の原本は残っていない
紫式部が執筆した約二百年後に写本されたものが現存している最古の本文だ
へ〜そうなんだ
※絵巻なら『源氏物語』の書かれた百年後に描かれた『源氏物語絵巻』が最古のもの
当時は印刷技術が無く人の手で書き写すほかなかったからな
書き間違いや勝手な改変が多く見られ『源氏物語』が広まれば広まるほど原本と乖離してゆくというゆゆしき事態だったんだ
そこでできるだけ多くの写本を集め、優れているものを校訂したのがこの私ッ!!
それが最古の『源氏物語』だ!!
えっ そーなの!?
バァーーン
※定家の校訂した『源氏物語は』青い表紙をつけたので青表紙本と呼ばれている
他にも『古今和歌集』、『土佐日記』、『更級《さらしな》日記』、『蜻蛉《かげろう》日記』、『伊勢物語』、『兵範記《へいはんき》』、『大和物語』なんかも写本したぞ
ははは
ごくり…
この人…関西弁で言うところの「いっちょかみ」だ…!!
※いっちょかみ…何にでも首を突っ込まないと気が済まない人
私は和歌に関しては精極的にいっちょかむぞ!!
キリッ
自分で言ってる!!

いつちょかみ

藤原定家が『源氏物語』をはじめとするさまざまな古典の写本に取り組んだことはよく知られている。『源氏物語』の写本を作る際、定家はただ書き写すだけではなく、本文の末尾にさまざまな注釈を書き付けていた。この書き込みを「奥入《おくいり》」と呼び、現在でも巻ごとの末尾にこの「奥入」を持つ写本は数多く存在している。

平安文学の研究で知られる近代の国文学者、池田亀鑑《いけだきかん》は、『源氏物語』の写本が藤原定家の「青表紙本」であるかどうかを判断するには、この「奥入」があるかどうかが条件の一つであると指摘している。

定家は、しばしば『源氏物語』の写本を人に貸し出した。そのとき、これらの「奥入」が勝手に書き写されて世間に流出したり、さらにその注釈への批判を加えられたりすることがあった。定家はこれを不本意に思い、「奥入」だけを抽出して一冊の注釈書として独立させた。これを『源氏物語奥入』もしくは単に『奥入』と呼ぶ。

『源氏物語奥入』は、『源氏物語』の注釈書としては、七十年ほど前に成立したとされる、藤原伊行《これゆき》の『源氏釈』に次いで古いものだった。『源氏釈』は非常に写本が限られていることもあり、後世においては定家の『源氏物語奥入』の方が注釈書として広まった。

定家本人は、先行する注釈書である『源氏釈』をかなり評価していたようで、多くの項目でその見解を引用しているが、その注釈に批判を加えている部分もある。

第二章　後鳥羽院と定家の確執

ああ、山荘の襖《ふすま》の装飾にするために和歌を百首選んだのが百人一首の始まりなのだが…
京都 嵯峨《さが》
小倉山
その山荘というのが京都の小倉山にあったため小倉百人一首と呼ばれるようになったのだ
じゃあ小倉あんとは関係ないんデスか？
やだな〜メアリー関係あるわけないじゃん
関係あるぞ
関係あるの!?
ふっ…
小倉あん発生の地も小倉山周辺なのだ
へ…へぇ〜そうなんだ…
小倉山つながりですか
百人一首にも小倉山を詠んだものがあるぞ
小倉山 峰のもみぢ葉 心あらば 今ひとたびの みゆき待たなむ
藤原 忠平
う〜ん…秋っぽい歌だっていうのは分かるけど…みゆきって誰!?

みゆき…
はっ
もしかして深雪《みゆき》!?
わかった! 紅葉に雪が降ったら綺麗なのにって意味じゃないですか!?
おお、なるほど
全然違う
カク
みゆきとは雪の事でもましてや人名でもなく御幸や行幸と書き上皇や天皇らが出かける事を意味するのだ
つーか人名のわけないだろう
御幸…上皇・法皇・天皇らのおでかけ
行幸…天皇のおでかけ
漢字が違ってもどちらも〝みゆき〟と読む
藤原忠平が宇多法皇の御幸に随行した際、法皇が息子の醍醐天皇にもこの紅葉を見せたいと言ったことを受けて詠まれた歌だという
ま、簡単に言うと天皇がご覧になるまで散らないでくれと紅葉に願う歌だな
なんでこの歌では平仮名で〝みゆき〟なんデスか?
そうですよまぎらわしいなぁ

詠み手の藤原忠平は
藤原氏隆盛の基礎を
築いたやり手の政治家だ
結句を
〝行幸〟とせず
〝みゆき〟としたのも
法皇と天皇それぞれへの
細やかな配慮と思われる
歌に
秘められた
繊細な心配り…
私は…こういうのが…
また!?
大ッ好きなのだ!!
ムッハー
2回目…
これは秋の歌
ですよね…
アレ?
そういえば和歌って
季語入れなくても
いいんでしたっけ?
……
えっ?
えっ!?
そこから説明しないと
だめなのか…
ハアー…
仮にも文芸部
部長なのに
スミマセン…
季語を入れなければ
ならないのは俳句だ
和歌にそのような
縛りは無い
だが…

季語を入れる必要はなくとも 多くの歌人が季節を歌っている
いや、歌わずにはいられまい
自然は人の心を感動させ震わせるものだ
百人一種にも春6首、夏4首秋16首、冬6首と季節の歌が32首ある
秋の歌が一番多いんだ
定家サンは秋が好きなんデスね
ああ…私は恋と秋の歌の名手と呼ばれたものさ…
自分で名手とか言ってる———!!
見渡せば花も 紅葉もなかりけり浦の苫屋《とまや》の 秋の夕暮れ
これは私が25歳の時詠んだ歌で秋の夕暮れを詠んだ三名歌「三夕《さんせき》の歌」の一つだ
おおっ これは何となく意味分かる!
浦の苫屋って何デスか?
海辺の粗末な小屋という意味だ

〝花も紅葉も〟という言葉で まず美しい光景を想像させることにより
そこにあるのは ただ粗末な小屋だけという秋の寂しさが際立つだろう?
ほほん
はぁ…なるほど…
ものすごいドヤ顔だなぁ…
この歌はあの寂蓮《じゃくれん》法師と西行《さいぎょう》法師に並んで『新古今和歌集』に収められているのだぞ
エッヘン!
はぁ…
寂蓮法師と西行法師のすごさが分からないので全然ピンとこない…
『新古今和歌集』って名前だけは知ってますけど…誰が作ったんでしたっけ?
私だけど?
?
お前かー!!
また自分で自分の歌を選んだってだけじゃないですか!!
いや、正確には違うぞ

私は後鳥羽《ごとば》院の命により『新古今和歌集』を編さんしたのだ
ゴトバイン？
後鳥羽院（上皇）
平家滅亡の動乱の中わずか4歳で天皇に即位。武芸や芸能を好み、こと和歌には並々ならぬ情熱を傾けた
私の才能を認め宮廷歌人として迎え入れたのが後鳥羽院だ
へ〜っじゃあ恩人ですね！
えっ
いや、まァ…ね恩人なんだけどォ…ね
一体何があったんですか
分かりやすい人だな〜
あまり語りたくないことだが語ってやろう…
父・俊成
ちなみに定家は俊成49歳の時の子
私の父・藤原俊成は後鳥羽院に仕えていた。歌壇においては指導者で後鳥羽院は歌では俊成に師事していたのだ
む〜
スミマセン師事って何デスか？
先生に教えを受けていたってことだよ

歌の師の息子であり18歳年上で才能あふれる私に後鳥羽院は強い憧憬《どうけい》の念を抱いていた…
若き日の後鳥羽院
また自分で言っちゃってるよこの人
ドーケーのネンって何デスか?
尊敬してあこがれるって感じかな
よく自分で言えるよね
後鳥羽院は和歌にのめりこみ御所に和歌所を創設。才能ある歌人を自身に仕えさせた
この時から私も宮廷への出入りを許されたのだ
へ〜大出世したんですね!
そして後鳥羽院の命により『新古今和歌集』の編さんが始まった…
のだが…
チョンチョン
?
プルプル
ふぬぅ…
あの〜…ヘンサンって誰デスか?
ああ…ごめんメアリー話が進まないからスマホで調べて貰っていいかなぁ?
それか電子辞書貸そうか
それだッ!!
びくっ
ビシィ

※撰者は当初は6人。寂蓮が亡くなり5人に。

アレじゃなくて コッチ
あの歌は 削除で
やっぱ この歌だわ
いいかげん 何度も何度も…
気ままに 変えんじゃねぇえええ!!
カァーーーッ
※定家は日記(『明月記』)でも愚痴ってます。「和歌所においてまた新古今を沙汰す 尽くる事 無き事也」
後鳥羽院の命から 4年後… 『新古今和歌集』は お披露目され 完成を祝う宴も 開かれた
が
その後も 11年に渡って 改訂作業が くり返された
もぉおお
例えるなら クライアントが延々と 仕様を変更してくる ようなものだぞ!?
しかもリリース後に!!
開発現場にまで首つっこんでくるカンジ!!
ITドカタなら 分かるだろ!?
おかしいだろ!!
え〜と スミマセン ボクITドカタじゃ ないんでその例え 全然分かんない…
あと正直 歌のセンスが 合わなくてな…
そうなん ですか

優れている歌を選ばなかったり
ともすれば私は駄作と思っている歌をほめちぎってきたり…
非常にやりにくかったぞ
ははは
天皇とか上皇とか絶対的すぎてさすがに意見できないですよね～
いや、ガンガン意見したけど。
え～～～っ!!?
恐いもの知らず…
後鳥羽院の定家評が残っている
定家は困った奴だ！歌の知識は自分が一番とでも言いたげだし傍若無人で理屈っぽくて人の話を聞かない
奴の気に入っていない歌を褒めようものならキレ気味になるのだぞ!?
私のセンスをあざけり笑うし誹謗《ひぼう》してくるのだぞ!? この私を!!
いや、確かに定家は天才だけど!!
……
ほぼ悪口だー!!
まったく好き勝手言ってくれる…
ていうかこの人…千年前から全然変わってないんだな…
ま、こんな事がつもりつもっていってだな…

1220年、定家と後鳥羽院は袂《たもと》を分かつ事になった――
ついに私は後鳥羽院の怒りを買い宮中への出入りを禁じられてしまったのだ…
あらら…せっかく出世したのに
しかし！その翌年 後鳥羽上皇は幕府から政権を取り戻すべく戦を起こし大敗
世に言う「承久《じょうきゅう》の乱」である
あー！
承久の乱!! 授業でやりましたよ!!
この時 既に後鳥羽院の元を離れていた私には一切の影響もなく難を逃れたのだ
ラッキー！♪
ついてますねー
後鳥羽院は上皇にもかかわらず島流しとなった…
華やかな宮中暮らしから一転 島流しだなんて…
あんなに熱心に作ってた『新古今和歌集』も作れなくなっちゃったんですね
いや〜それが…

なんと、隠岐に流されてからも後鳥羽院は『新古今和歌集』の改訂を重ねた
えぇぇ
すごい執念
晩年ついに完成
これが真の『新古今和歌集』だ!!
にかっ
この本は「隠岐本」と呼ばれている
ちなみにこの時前述の私の秋の名歌を削除しやがったのだ
へ、へぇ〜……
しかしすごい情熱ですね…
たしか百人一首には後鳥羽院の歌が入ってますよね?
ああ…
人もをし 人も恨めし あぢきなく 世を思ふゆえに 物思ふ身は
人を愛しくも思う 憎くも思う この世をつまらないものと 感じるせいで 思い悩んでいる身だ
……なんか皇族としての悲哀を感じますね
やっぱり大変な立場なんだろうなぁ…

でも確執があったのに後鳥羽院の歌を百人一首に入れたなんて
恩は忘れなかったんですね!
ン、まァ…
そういう事にしておこう…
実は入れたのは私ではないがな…
ボソッ
えッどういう事ですか!?
実は私が選んだ時は入れていなかったのだが
私の死後、息子の為家が再編集した際に加えられた歌なのだ
えーッそうなんですか!?
あまり知られていない話だがな…
私としては手を加えてほしくなかったぞ為家め…
じゃあやっぱり後鳥羽院との確執は残ってたんですね
いや、そんな事は無い純粋に歌を評価しての結果だ
困った主だったが歌への情熱だけは本物だった
袂を分かつ事にはなったが…
歌に対して真剣だからこそぶつかったのだと
今は思うぞ
ニコッ

そうなんだ…お互い信念を持っていたからぶつかったんですね
ああ…歌の方向性がどうにも合わなかったが本当に憎み合っていたわけではない…
ま、音楽性の違いによりバンドが解散するようなものだな
う〜ん…
そう言われると一気に軽薄に聞こえるなぁ…
しかしあれだな
後鳥羽院は世を恨む言葉を残しているのだが
あれはいただけん
〝万一にもこの世の妄念にひかれて魔縁となることがあればこの世に災いをなすだろう〟
by後鳥羽院
※その後怨霊として恐れられた
崇徳院といいなぜ怨霊となってしまうのだろうなぁ…
あんたも似たようなもんだろ
…って言いたいけど祟られそうだからやめておこう…
チョン
チョン
ネイト〜〜〜
ぐす…
わ!どうしたのメアリー
・・・・ヘンサンが誰なのかどうしても分かりまセェ〜ン
まだそこでつまづいてたの!?
ヤレヤレ…

後《ご》鳥《と》羽《ば》院《いん》

平安時代末から鎌倉時代初期にかけての天皇。後白河《ごしらかわ》天皇の孫で、壇ノ浦で海に沈んだ安徳《あんとく》天皇の弟にあたる。北陸から京に攻め上った木曾義仲《きそよしなか》によって、平氏は西国に落ち延びた。このとき安徳天皇は三種神器とともに同行。この非常事態に、後白河法皇は安徳の異母弟である尊成《たかひら》親王を即位させた。これが後鳥羽天皇である。安徳がまだ退位しておらず、皇位継承の証であるとされる三種神器もない状況での即位だった。やがて後鳥羽は譲位をして院政を開始。朝廷主導の政治を志向し、鎌倉幕府との対立を深める。そしてついに幕府の執権北条義時《しっけんほうじょうよしとき》追討の命令を下し、承久《じょうきゅう》の乱が勃発。しかし、瞬く間に幕府の大軍に制圧され、後鳥羽は隠岐島に配流《はいる》となり、そのまま生涯を終えた。

教科書にのらないここだけの話

承久の乱に敗れ、隠岐島に配流となった後鳥羽は、18年後の1239年に京に戻ることなく亡くなったが、その2年前、自らの死期を悟ったのか、遺言を記した置文《おきぶみ》を残している。自分はこの世に未練や恨みを残して死ぬので、魔物となって後世に災いを起こすだろう。自分の子孫(の天皇)が天下を取れば、それは魔物である自分のお陰なのだから、自分の菩提《ぼだい》を弔ってほしいという、実に恐ろしい内容だった。

その2年後と3年後、幕府の重臣である三浦義村《みうらよしむら》と北条時房《ときふさ》が相次いで亡くなった。この二人は承久の乱当時、幕府方の将として活躍した人物だった。当時、平経高《たいらのつねたか》という公卿がその日記『平戸記《へいこき》』に、この二人の死が後鳥羽の怨霊のせいであると書いたことから、遺言通り後鳥羽が怨霊となって出現したと取り沙汰されるようになったという。

生前の後鳥羽は、皇族としては珍しく刀剣好きで知られていた。名刀をコレクションするだけでは飽き足らず、京都周辺はもちろん遠く備前《びぜん》国からも刀鍛冶を御所に招いて、月番制で刀を鍛《きた》えさせていた。隠岐島に配流となってもこの趣味は変わらず、島に刀鍛冶を呼ぶどほどだった。さらには、自ら道具を手に刀に焼きを入れたと言われ、お手製の刀には16弁の花弁を持つ菊紋を彫らせていた。現在でも、この作品は「菊御作《きくごさく》」と呼ばれ、日本刀愛好家の間で珍重されている。

コラム⑥

冠

※まげを結わなくなってからは掛緒《かけお》で固定するようになった

冠

日本の冠のルーツは、漢字や紙などの多くの文物と同じく、中国にさかのぼる。古代中国では、髷《まげ》を結い、その上に冠をかぶる習慣があり、漢の時代に儒教が国教となったことで、冠をかぶることが制度化された。

日本に冠の習俗が伝わった正確な時期はわからない。藤《ふじ》ノ《の》木《き》古墳などいくつもの古墳石室《せきしつ》から金銀を使用したきらびやかな冠が出土していることから、古墳時代にはすでに貴人の習俗として定着していたことが分かる。のちに聖徳太子が「冠位十二階」を制度化したとき、官位に応じて頭にかぶる帽子状のものの色を替えるというシステムが生まれたらしい。さらに時代が下り、奈良時代には『養老律令《ようろうりつりょう》』に含まれる「衣服令」によって、冠は官人がかぶる制服の一つとして定着した。

平安時代中期の摂関期には、公家のかぶる冠のスタイルはほぼ完成し、現代のものと近くなっている。しかし、その素材は漆《うるし》を薄く塗っただけの柔らかなもので、非常に脆弱《ぜいじゃく》だった。清少納言の『枕草子』などによれば、雨が降ると、簡単に型崩れしてしまったらしい。平安時代末期の院政期になると、冠は漆を厚く塗って固く作られるようになり、形が崩れなくなった。そのころから、髷にかんざしを挿して固定するようになったと思われる。

このころ、冠の形状は基本的に身分や年齢による大きな差異はなくなり、現代にいたっている。ただし、材質や細部の処理で着用者の身分や年齢を示すことはある。

第三章　うかれ女！和泉式部と、小式部内侍

アメちゃん？
キャンデーの事デスか？
アメ＋ちゃん
（敬称）
そう、食べ物に敬称をつけたものだな
実はこれは女房言葉の名残りなのだ
女房言葉？
宮中などに仕えた女性を女房と呼ぶのだが彼女達の間で使われた言葉だ
丁寧な表現として名詞の前に「御」をつけるだろう？あれも女房言葉から発生したもので…
おかず おひや おかき おでん おかか おなら おもちゃ…
現代でも無数に残っている
あとは語尾に「文字」をつけたえん曲表現だな
？
具体的には…？
わからん…
現代でも使われているのは「しゃもじ」「ひもじい」あたりか…
ひもじい？
ひどくお腹が空いてるって意味だよ
しゃくし
↓
しゃ＋文字＝しゃもじ
ひだるい（空腹の意）
↓
ひ＋文字＝ひもじ
↓
ひもじい
私ったら…ひ文字だわ
ホホホ
↑
はしたなくならないようにえん曲した

食べ物に敬称をつける事も同じく、女房言葉が基となり庶民に広がったと思われる
おまめさんとか おあげさんとかな
これがあめチャンの由来ではないかと私は考える
ボクに聞くまでもなく答え知ってんじゃん!!
知らずとも考察する事はできるだろう?
うっ
それはそうですけどオ…
考える事を放棄するな
もったい無い
千年前に宮中で使われていた言葉が現代まで脈々と受け継がれている事実…興味深いと思わんのか?
言葉を使えてもその深みを味わう事をしなければ…それはただ言葉の表面を滑っているだけに過ぎん
例えるならガスコンロの仕組みを知らずとも料理はできるが火そのものを知ればおのずとうまい料理が作れるというものだ
そして何よりうまい料理を作るには料理人の姿勢が大切なのだ
くど くど
はあ…
何で料理の話してるんデショウ…

ふむ…そうだな
お前、一つ和歌を詠んでみろ
いっ!?
無理ですよォ〜!一度も詠んだ事無いんですから!!
ふん やはり無理か
ハイハイ!! 私詠めマス 和歌!!
メアリー!?
ほう
この部屋の どこにも障子は無いけれど 壁に耳あり 障子にメアリー byメアリー
そのダジャレ ボクとの初対面の時も自己紹介で言ってたよね…
壁に耳あり 障子にメアリーです
だめデスかー?
ううむ…
情緒もへったくれも無いが… まあ恥を恐れぬ その勇気は認めよう…
すごく嫌な顔してる——!!

目ありとメアリーを掛けたのだな
それは掛詞《かけことば》と言って和歌の技法の一つだ
へ〜!? ダジャレが!?
YES!
この歌を知っているか?
大江山 いく野の道の遠ければ まだふみも見ず 天の橋立
いえ…すみません 百人一首ですか?
この歌の掛詞は「いく野」と「ふみ」だ
いく野＝［・行く野 ・生野(地名)］
ふみ＝［・踏み ・文］
はぁ…
二重の意味があるんですね
お前はダジャレと言ったが全然違うぞ
ダジャレは似た言葉を面白がるという言葉遊びでしかないが
掛詞とは文字数に制限がある和歌に多くの情報を込める技巧の一つなのだ
布団がふっとんだ!!
※これはダジャレ
オヤジギャグと一緒にするな
日本には同音異義語がたくさんあるからな
まつ＝松・待つ
あき＝秋・飽き
きく＝菊・聞く
ながめ＝長雨・眺め
等
この和歌でも「いく野」「ふみ」とあるように、掛詞は意味が限定されぬよう漢字を使わず平仮名で表す事が多い

どういう意味の歌なんデスか？
〝丹後の国は遠いので足を踏み入れた事も無ければ文も届いていない〟という意味だな
う〜ん 相変わらず意味を聞いても何が言いたいのかよく分からないのですが…
この歌の背景はこうだ
和歌に秀でた和泉式部とその娘小式部内侍は共に中宮彰子に仕えていたが
母↓
娘↓
和泉式部は再婚し夫と共に都を離れ丹後の国へと行ってしまった
宮中で開かれた歌合《うたあわせ》に和泉式部に代わって小式部内侍が参加する事になった
ドキドキ
歌合？
同一の歌題で和歌を詠み合いどちらが優れているか勝敗を決める歌会のことだ
そこに現れたのが一流貴族である藤原定頼
キラーン
なんかキラキラしてますね
プリンスですか？
父親の藤原公任は歌壇の最高権威者であり文句無しの名門だ
定頼自身、歌も書も名人級だったという
へえ〜エリートなんですね

おや、そこにおわすは小式部内侍
はい
お母さんからの文はもう届きましたか？
ニコッ
歌合で披露する和歌は母親の和泉式部に代作を頼んだに違いないと決めつけての言葉だな
OH!
ちょっといじわるデスね〜
いじわるっていうか天然なんじゃないのこの人…
しかし小式部内侍は定頼のこの言葉に対して即座に前述の歌を詠んだのだ
大江山…――
あ〜だからふみも見ず、なんだ
侮辱とも取れる言葉に大江山と生野、天の橋立てと丹後の名所を三つも織り込んだ歌を即座に返したのだ
このこまっしゃくれた感じ…
ふふっ
最高だろう？
ククク…
はあ…
笑ってる…
母親の和泉式部は歌に定評のある人物だったゆえ親の七光りと見られたくないプライドもあったのだろうな

マザーが有名な人だったんデスか？
ああ、紫式部と一緒に中宮彰子に仕えた優秀な女性で恋の歌を多く残している
百人一首に収められたのはこの歌だ
あらざらむ この世のほかの思ひ出に 今ひとたびの逢ふこともがな
和泉式部
えっと…もう一度逢いたいって事かな？
〝亡くなる前になんとかもう一度あなたに逢いたい〟という意味だな
ワオ！情熱的な歌デスねー♡
和泉式部はまさに恋に生きた女性で時の権力者藤原道長に「うかれ女」と評されたほどだ
オホホホホ
うかれ女!?
〈※うかれ女イメージ〉
な…何かそれってあまり良い意味じゃないですよね…
まあな
同僚である紫式部も「和泉はけしからぬ方こそあれ…」と『紫式部日記』に書き記している
けしからぬ方!?
けしからぬ方だしこちらが恥ずかしくなるほどの歌人ではないし…
ディスってる
う〜ん…気が多い…って感じですか？
まろやかに言うと恋多き女と言ったところか…

和泉式部の恋愛遍歴
一人目の夫・和泉守橘道貞と結婚
小式部内侍が生まれる
夫の単身赴任中
冷泉天皇の第3皇子
為尊親王と大恋愛の末
夫と離縁
ひえ〜
天皇の息子と
不倫ですか〜!?
しかし為尊親王は病により
26歳で死去してしまう…
ここからが和泉式部の
すごい所だ
なんとその2年後、
為尊親王の弟
敦道親王とラヴ!!
ラヴて…
しかし4年後その敦道親王も
27歳という若さで亡くなって
しまう
待ってぇ〜
その後藤原保昌と
再婚し、丹後へ…
ここでようやく
小式部内侍の
歌合のエピソードと
つながるわけだ
どうだ多情だろ
皇子さま達を
兄弟そろって
メロメロにしてしまう
なんてすごいですね〜

でも恋の相手みんな早く死んじゃってかわいそうデス…
ん〜…
ま、当時の平均寿命は男性33歳女性27歳だからな
えっ!?
そ、そんな短かったんですか!?
Oh No...!
もちろん乳児死亡率が高かったゆえ平均寿命を引き下げている事はあるが…
まあ貴族や皇族といえど若くして死ぬのは珍しくなかったぞ
うむ、
当時は現代に比べ栄養状態が悪く免疫力が低かったため病が蔓延していた
結核などの疫病、脚気《かっけ》に皮フ病…
皮フ病?
ああ、当時の貴族には入浴の習慣が無かったからな
OH!
そうなんデスか!?
沐浴《もくよく》くらいはするがそれも暦で決められた日にしか入れなかったのだ一か月に4、5回程か…
あとは蒸し風呂だな
へえ〜

洗髪などはさらに少なかったぞ
占いにより4月・5月・9月・10月は洗髪は避けるべきとされていたからな
ええ〜二か月も洗えないなんて…! 失礼ですけど臭そうですね
そのため発達したのが香の文化だ
ぶっちゃけな…
※当時は部屋や衣服に香を焚きしめた
臭い消し!?
栄養状態と衛生環境の悪さに加え…
病は悪霊の仕業と考えられていたため治療法は〝加持祈禱《かじきとう》〟
現代より死はずっと身近だったのだ
カジキトウ?
神様や仏様にお祈りする儀式だよ
百人一首にこんな歌がある
君がため
惜しからざりし命さへ
長くもがなと思ひけるかな
藤原義孝
えと… あなたのために長く生きたいってことかな…
正解だ

しかしこの歌を詠んだ藤原義孝は天然痘にかかり21歳で亡くなってしまう
21歳…
早い…ですね
女の人の方が早く死んじゃうのは何故デスか？
女性の平均寿命27歳だもんね
今じゃ女性の方が長生きなのに
ああ…それは出産で命を落とすのだ
小式部内侍も第二子を産んだ際20代半ばで亡くなってしまった…
Oh My...!
とどめおきて誰をあはれと思ふらむ子はまさるらむ子はまさりけり
娘に先立たれた和泉式部の詠んだ歌だ
子はまさるらむ子はまさりけり…って2回繰り返してる部分が特徴的ですね
親（和泉式部）と子どもを残して死んだ娘はどちらをより哀れに思うだろうかきっと子どもだろう私も子どもを思う気持ちが勝っているのだから…――
子どもを亡くした親の慟哭《どうこく》を表している一首だ
……

That's terrible!
What a pity!
(ひどい！ かわいそう！)
メアリー落ち着いて！
わーーーっ
単に恋愛体質な人なのかと思ったけど…
愛してる人にみんな先立たれてかわいそうな人ですね…
確かに彼女は幾度も辛い別れを経験した
しかしその経験があったからこそ数々の秀歌が生まれたとも言える
え…
この人…今辛い経験のおかげで良い歌が生まれたって言ったのか…？
それってそれってそれって…
人としてどうなの!?
本当に和歌の事しか考えていない人なのか…？
ぞっ…

…勘違いするな
優れた歌が詠めるなら悲劇もありがたがれと言っているのではない
死が身近だったからこそ命ある限り和歌《うた》を詠むのだ
たとえ身が朽ちようとも優れた歌は死ぬ事はない…
現代に残る千年前に詠まれた歌たちがそれを証明しているではないか
そうか…だから昔の人達はあんなに恋に懸命で盛んに歌を詠んだんだ…
でもライフ・イズ・ベリーショートすぎデス！
うん…平均寿命33歳は…短すぎて…
ふむ
当時は40歳で老人として扱われたくらいだからな
40歳を過ぎると10年ごとに長寿の祝いをしたものだ

定家サンも若い時に死んじゃったんデスか!?
いや、
80歳まで生きたぞ
さらり
40歳から老人の時代に!?
私の父、藤原俊成など91歳まで生きたぞ
ええ!?
よかったデスー☆
私は小さい頃にはしかや天然痘を患って以来病弱でなあ…
呼吸器系が弱く長年苦しめられたものだ…
ゴホ…
病弱な人が平均寿命33歳の時代に80歳まで生きるかなあ…
私は80歳まで生きたが
歌を極めるには短すぎた…
まァでも死んでもなおこうしていられるのだから神に感謝せねばな
ははは
頼むから成仏してください
80歳まで生きたのに若い姿なんですね…
それはホラ死後は想念の世界だから？
わざわざ老人の姿にするわけないジャン？

小《こ》式《しき》部《ぶの》内《ない》侍《し》

平安時代後期の女流歌人。情熱的な恋歌で知られる和泉式部の娘。母とともに、あの紫式部も仕えた藤原彰子(道長の娘。一条天皇中宮)に出仕した。「小式部」というのは、母の和泉式部と区別するための便宜上の呼び名だった。

為尊《ためたか》親王とその弟敦道《あつみち》親王とも関係があった母と同様、浮名を流した男の数は多く、藤原教通《のりみち》・藤原頼宗《よりむね》・藤原範永《のりなが》・藤原定《さだ》頼《より》といった公家と関係を持ち、そのうち何人かとの間には子どももなした。そして藤原公成《きんなり》との間の子を出産した直後、早世してしまった。まだ二十代後半だったという。母が歌の代作をしているとの噂があったが、それをからかった藤原定頼に見事な歌で切り返し、逆に恥をかかせたと言われている。

教科書にのらないここだけの話

奔放な性で知られる小式部内侍だが、藤原教通との恋については、なかなかハードルが高かったようだ。というのも、教通は時の最高権力者である藤原道長の次男で、彼女が仕える彰子の弟だったからだ。まず身分が違う。そして上司の身内であるわけだ。それだけでも難しい恋愛であったことは間違いないが、さらにこの教通の妻は、小式部内侍との関係も取りざたされる藤原定頼の妹(もしくは姉)だったのだ。自分の愛人の妹の夫との不倫関係。しかも、その不倫相手は女上司の弟と、もはや関係が複雑すぎて実態がよくわからないが、決して表に出すことはできない密かな関係であったのは間違いない。

ある日、教通が病に冒された。小式部内侍はもちろん心配するが、愛人の身では見舞いもままならない。そのとき詠んだ歌が「死ぬばかり　嘆きにこそは　嘆きしか　いきてとふべき　身にしあらねば」だった。会いに行けない身である自分は、死んでしまうほど嘆くしかないではないか。悲痛な歌だが、のちに病から回復した教通は「なぜ来てくれなかったの?」と聞いたという。

貴人にありがちな「呑気」な態度だが、死ぬほど心配していた小式部内侍からすればたまったものではない。そう考えると、この歌は単に自らの身の上を嘆くだけではなく、教通への恨みを含んだ歌のようにも見えてくる。

和歌の技巧

私のこの和歌も「待つ女」を詠んだものだぞ
女の立場になって詠んでいる
来ぬ人を
まつほの浦の夕なぎに
焼くや藻塩の　身もこがれつつ
ええっそーだったの!?
百人一首に入れたって事はこの和歌が定家さんにとって最高傑作って事ですか？
ふっ…
ああ
この和歌には私の持てる限りの技巧を尽くした
歌枕に掛詞　縁語に序詞…『万葉集』長歌の本歌取りだ
ふふん…
？
うわ〜何言ってんだかサッパリ分からない…けど相槌打たなきゃ
えーと…
「本歌取り」って何ですか？
「本歌取り」とは有名な古い和歌の一句もしくは二句を取り入れる事により和歌に奥行きを持たせる技法の一つで三十一文字という字数制限すら越え広がりある世界を持たせる事が可能だ。だがその背景にある出典本を知っているという教養が必要不可欠であり、そこに知的な
まずいぞ
イキイキしだした!!
説明長くなりそう
ごめんなさい…

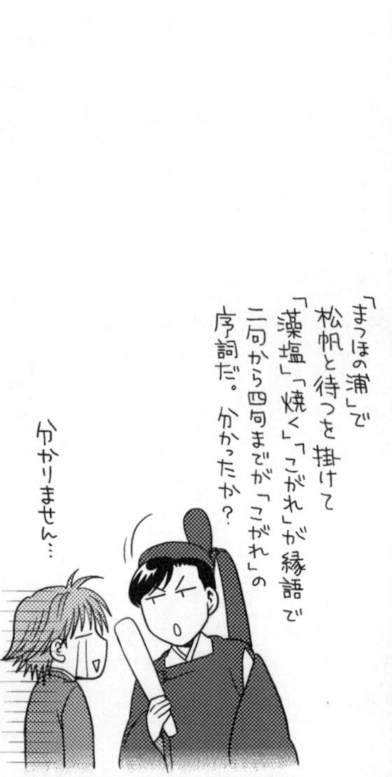
「まつほの浦」で松帆と待つを掛けて「藻塩」「焼く」「こがれ」が縁語で二句から四句までが「こがれ」の序詞だ。分かったか？
分かりません…

和歌の技巧

「全身歌人」とでも言うべき藤原定家は、和歌におけるあらゆる技巧を追究し、平安から鎌倉期にかけての時代に、一つの頂点に達した。「松帆《まつほ》の浦」の和歌は、『百人一首』に収録される約二十年前に、「内裏《だいり》百人歌合」で順徳院《じゅんとくいん》の「よる浪のおよばぬうらの玉松のねにあらはれぬ色ぞつれなき」に応じて披露された、自他ともに認める秀歌である。

「松帆の浦」とは、淡路島の北端に位置する地名で、近年、この付近の工事現場で青銅器の銅鐸《どうたく》が複数発見され、「松帆銅鐸」と名付けられている。

『万葉集』から本歌取りをした作品だが、典拠となったのは笠金村という人物が詠んだ長歌だった。

「名寸隅《なきすみ》の　船瀬ゆ見ゆる　淡路島　松帆の浦に　朝なぎに玉藻刈つつ　夕なぎに　藻塩焼きつつ　海人娘女　ありとは聞けど　見に行かむ（以下略）」

聖武《しょうむ》天皇の行幸《ぎょうこう》に従った金村が、天皇の統治する自然や風物を賛美した歌とされている。

定家は、歌の弟子でもある順徳院を敬慕していた。歌人としての順徳院は、『万葉集』を重視していたことで知られている。定家の歌は、表面的には「待つ女」の身になって詠んだ歌である。しかし、この歌を『万葉集』の金村の歌から「本歌取り」するという技巧をこらすことで、宮廷歌人の先人であり、聖武天皇を賛美する忠臣でもある金村と自分を重ね、順徳院への想いを重層的に表現したものと考えられている。

第四章　まるで出会い系!?　貴族の恋愛スタイル

授業ではそんな事習わなかったし…
お年寄りが選んだと思うとちょっとイメージ変わるなあ〜
そうか?
人生なんてあっという間
人間なんぞ根底の部分は変わらぬものだ
…
ま、渋好みになった事は否定しないがな
老境にならないと到達しない心理というものもある…
この歌とかな
誰をかも知る人にせむ 高砂の松も昔の 友ならなくに
藤原興風
「誰を友としたらいいのか松の木は昔からの友ではないのに」という意味ですね
おお、よく理解でき…
カンニングです
あはは
その本は何デスか?
授業で使った百人一首の本
なーんだ…

このへんの歌も老境の心理ですかね？
ながらへば またこのごろや しのばれむ 憂しと見し世ぞ 今は恋しき 藤原清輔
花さそふ 嵐の庭の 雪ならで ふりゆくものは わが身なりけり 西園寺公経
うむ、そうだな
難しいデス～
？？
一つ目は「生き長らえば今の事が懐かしく感じられるのだろうか辛い過去が今は恋しく思われるのだから」って意味で
もう一つは「花を散らす山嵐の吹く庭にいて、ふりゆくものは雪ではなく老いてゆく私の身だ」って意味だよ！
お前…急にイキイキ解説し始めたな…
上の歌の作者は二人とも70過ぎまで生きたぞ
へ～！やっぱり長生きした人ならではの歌なんですね
ん～…
パラ
パラ…
改めて見ると百人一首の恋の歌って切ないものが多いですね
会いたいのに会えないみたいな…
ああ、それは…

叙情的な歌が好きだという私の好みも多分にあるが…
当時の恋愛・結婚様式によるものも大きいな
恋愛・結婚様式？
当時は妻問婚《つまどい》…つまり通い婚だったのだ
通い婚って…同居しないって事ですか？
そう、男が女の家へ通うスタイルだな
ま、同居する場合もあったが
女の人が男の人の家へ行く事は無かったんデスか？
逆はありえなかった
そもそも当時は女性がむやみに人前に出たり顔を見せることすらありえなかったのだぞ
Oh！
そうなんデスか!?
そのための御簾《みす》だったんですよね
直接対面しないのにどうやって恋愛に発展するんですか？
想像できない…
そーそーラブが始まりマセーン！
それには段階があってな…

貴族の恋愛スタイル
噂を聞く
あそこの姫君は美人らしいぞ
ほほう
気になる女性に文を送る
ラブレターですか？
ま、そうだな
えー!? どんな人かもわからないうちにラブレター出しちゃうの!?
この時 気持ちを和歌にして送るのが主流だった…
つまり、和歌が上手く詠める事はモテる条件だったのだ
ニヤリ
ククク…
何て悪い笑顔!!
女性側は男性の地位や評判を調べ吟味した後返事をし、そこから文のやりとりが始まる
へ～文通から始めるんだ
何度かやりとりをした後ついに女性の家でデートとなる
文通の次はいきなり家デートですか!?
しかしまだ会うのみだ
しかも御簾ごし
ここでお互いの顔を初めて確認するのだが…
相手の外見がイメージと違ってガッカリする事も多かったな…
はは…
遠い目にならないでください

愛読者カード

このハガキにご記入頂きました個人情報は、今後の新刊企画・読者サービスの参考、ならびに弊社からの各種ご案内に利用させて頂きます。

●本書の書名

●お買い求めの動機をお聞かせください。
1. 著者が好きだから　2. タイトルに惹かれて　3. 内容がおもしろそうだから
4. 装丁がよかったから　5. 友人、知人にすすめられて　6. 小社HP
7. 新聞広告（朝、読、毎、日経、産経、他）　8. WEBで（サイト名　　　　）
9. 書評やTVで見て（　　　　）　10. その他（　　　　）

●本書について率直なご意見、ご感想をお聞かせください。

●定期的にご覧になっているTV番組・雑誌もしくはWEBサイトをお聞かせください。
（　　　　）

●月何冊くらい本を読みますか。
（　　　　冊）

●本書をお求めになった書店名をお聞かせください。
（　　　　）

●最近読んでおもしろかった本は何ですか。
（　　　　）

●お好きな作家をお聞かせください。
（　　　　）

●今後お読みになりたい著者、テーマなどをお聞かせください。

ご記入ありがとうございました。著者イベント等、小社刊行書籍の情報を書籍編集部HP ほんきになるWEB（http://best-times.jp/list/ss）にのせております。ぜひご覧ください。

郵 便 は が き

お手数ですが
62円分切手を
お貼りください

171-0021

東京都豊島区西池袋５丁目26番19号
陸王西池袋ビル４階

KKベストセラーズ
書籍編集部行

おところ 〒

Eメール @ TEL ( )

(フリガナ)
おなまえ

年齢 歳
性別 男・女

ご職業
会社員
公務員
教 職（小、中、高、大、その他）
無 職（主婦、家事、その他）
学生（小、中、高、大、その他）
自営
パート・アルバイト
その他（ ）

顔も知らない相手にラブレターなんてと思いましたけど…なんか…現代でも似たような事やってますよね…
インターネットで知り合った人と実際に会ってガッカリ…みたいな
そーかもな
女の家に通い続け両親の許しを貰うと晴れて結婚となるわけだが…
通い婚ゆえ、女は男が来るのを待つしかなかったのだ
！
そうか、だから会いたいのに会えないって感じの和歌が多いんですね！
その通り
この歌など待つ女の代表作だな
嘆きつつ ひとり寝る夜の 明くる間は いかに久しき ものとかは知る
右大将（藤原）道綱母
「嘆きながら一人寝る夜はなんと長いことかあなたは知らないでしょう」…
これも
やすらはで 寝なましものを さ夜ふけて かたぶくまでの 月を見しかな
赤染衛門
え～と
「ためらわなかったら寝てしまったのに。夜も更けて西に傾くまでの月を見た」…
これは夫を待つ姉の気持を代わりに詠んだ和歌だと言われている

和歌に「待つ」とあったら女の心情を詠んだものだと思ってよい
ふーん…当時は女の人は本当に待つしかなかったんですね…
待ってるだけなんて辛そうデス〜
私だったら自分から恋人に会いに行きたいデスもの！
え
ドキ
メ、メアリーは積極的なタイプなんだねっ
顔が赤いぞ
あはっあははっ
分かりやすい奴…
通い婚は男が来なくなれば離婚とみなされたからな
待つ身は気が気ではなかっただろう
エッ
離婚!?
それじゃ男の人の気分次第じゃないですか！
そう、当時は男が一方的に申し出れば離婚できたのだ
その理由も子ができないとかおしゃべりすぎるという理由ですら正当とされたのだ
しかしこれも逆は許されなかった
ひえ〜
ひどい女性差別ですね

それほど女性の立場は低かったのだ
それは女性の呼称にも表れている
例えば先程の待つ女の和歌を詠んだ二人…
右大将《うだいしょう》（藤原《ふじわらの》）道綱母《みちつなのはは》
赤染衛門《あかぞめえもん》
えーと道綱さんの母…って事ですか？赤染衛門の方は男の人みたいな名前ですけど…
父の赤染時用《ときもち》が右衛門尉という役職だったため赤染衛門と呼ばれていたのだ
宮門を守衛する役職だな
へーっ
父親の役職名でしか名前が残ってないんですか!?
あの紫式部や清少納言も本名ではなく女房名だからな
ちなみに紫式部は後世の人間がつけたもので当時は藤式部と呼ばれていたぞ
女性の名は記録に残るものではなかったのだ
そうなんだ…
百人一首には待つ女の和歌が他にもあるが…
そうだな…
この歌はどう感じる？
今来むといひしばかりに長月のありあけの月を待ち出でつるかな
素性法師
えーと…
カンニングするなよ
え

えーっと、今来ると言ったばかりに…月が出た？
「今行くと言われたため明け方の月が出るころまで待ってしまった」という意味だ
しどろもどろ
では、この歌はどうだ？
夜もすがら
物思ふころは　明けやらで
閨《ねや》のひまさえ　つれなかりけり
俊恵法師
夜が明けなくて…えーと…閨のひまって何だろう…
「寝室の戸のすき間さえつれなく思える」という意味だ
この和歌たちがどうしたんデスか？
ニッ
実はこれ、どちらも男が詠んだものだ
えっ!? 男の人？
今までの話から待つのは女性だとばかり…男の人が待つ事もあったんですね
そうではない
これは女性の立場に立って男性が詠んだ和歌なのだ
ちなみに二人とも坊さんね
女心♡分かるわぁ～
俊恵法師　素性法師
ええ!? そうなの!?

坊主めくりのあの人達の和歌がそんな内容だったとは…
何してんの…
これは題詠だ
ダイエイ?
題詠とは与えられた歌題をもとに和歌を詠むことだ
この場合は「待つ恋」だな
大喜利みたいなものデスかー?
ショーテン?
うーん、おしい…
おしいの!?
当時は歌合《うたあわせ》などが盛んに行われていたからな
歌合!小式部内侍サンの話でも出てきました!
和歌を詠み合う会でしたっけ
たしか
そうだが…たぶんお前が想像しているものと違うぞ
どんなものを想像している?
ホホホ
ハハハ
え?えーっとみんなで集まって輪になって座って和歌を詠む…みたいな?
老人会か
歌合とは歌人を左右二組に分けて同一の歌題の和歌を詠みその優劣を競うものだ
中でも最も大規模なのが後鳥羽院が催した「千五百番歌合」なのだが…

30人の歌人が百首ずつ、合計三千首の歌を対決させた
私も参加したがあれは空前絶後の規模だったな
ひぇ――
三千首!? 百人一首じゃなくて一人百首ですか!?
さすが後鳥羽院ミ
左方は赤、右方は青を基調に衣裳を揃えるなど趣向を凝らしたそれは豪華絢爛なものだったぞ
へぇ〜! 雅な感じですねぇ
OH...
ゴージャス!
風流な催しに聞こえるが…当初は遊戯的であった歌合も次第に和歌の流派による派閥争いや政治的な勢力の優位性を示す場へと変化していった…
さらには優れた和歌を詠めば高貴な人の目に止まり召し上げられる事もある
身分の低い者にとっては出世のための千載一遇のチャンスだったのだ
歌合での最も有名な勝負は960年に行われた「天徳内裏歌合」での一幕だ
歌題は「忍ぶ恋」
忍ぶ鯉《コイ》?
シノブって忍者の事デスよネ
うん 絶対お前が想像してるのと違う

忍ぶ恋とは…
…人目を避けて内密にしなくてはならない恋愛ということだ…
ん?ちょっと悲しそう…?
気のせいかな…
まずはこの一首
忍ぶれど 色に出でにけり わが恋は 物や思ふと 人の問ふまで
平 兼盛
あ…これ覚えてます
隠していたのに周りの人に恋煩いがバレちゃった…って意味ですよね?
うむ
対する一首は…
恋すてふ わが名はまだき 立ちにけり 人知れずこそ 思ひそめしか
壬生忠見《みぶのただみ》
こっちは分かんないなぁ…どういう意味だろ
恋すてふ?
「恋をしていると私の名は評判になってしまった 誰にも知られず思い始めたばかりだったのに」という意味だ
なぜナイショにしたかったんデショウ?
メアリーって何でもオープンだもんね
それは…既婚者に恋をしてしまう場合も往々にあるし
…当時は身分違いの恋というものもあったのだ…
ぐ…

「忍ぶれど…」の和歌を詠んだ平兼盛は光孝天皇のひ孫にあたる血筋の良い人物だ
一方、「恋すてふ」の壬生忠見は父の代から官位に恵まれず苦労していた
父の壬生忠岑は『古今和歌集』の撰者だが撰者の中で最も官位が低かったからな
御前試合という事もあり天皇の前で勝って何とか出世の糸口にしたい一心だったはずだ
ゴゼンジアイ？
天皇の前でする勝負の事だよ
で、どっちが勝ったんですか？
それが、どちらも同等に優れていてなかなか勝敗がつけられなかった
判者の藤原実頼
うーむ…
ジャッジがいるんデスね！
うう…む
これは遜色ない…
ごくっ…
ドキドキドキ

しかしその時
ぼそっ
忍ぶれど…
帝が口ずさまれた——!!
こうして平兼盛が勝者となり
壬生忠見は敗者となった…
うわ〜
可哀想…
恵まれてる方が
勝っちゃったんですね
世の中
そんなものだ
もし天皇が
「恋すてふ」って
つぶやいてたら
逆の結果になった
という事ですか?
ま、
そうだろうな
もし天皇が
ゼンゼン関係ない事を
つぶやいたら
ドロー(引き分け)になった
デスか?
天皇はそんな事言わない
お腹すいた…
とか
歌合においては
「持《じ》」と言って
引き分けもあった
のだがな…
へ〜
引き分けの事
「持《じ》」って言うんだ
囲碁でも
引き分けの事を
「持碁《じご》」と言うだろう
知ってマスー!!
『ヒカ●の碁』に
出てきまシター!!
まだヒカ碁…

一世一代の勝負に敗れた壬生忠見は気を落とすあまり食事がとれなくなりついには死んでしまったという
《『沙石集』より》
まさに生死をかけた真剣勝負だったのだ…
臥せった忠見を心配した平兼盛が見舞いに訪れたという
大丈夫ー？
ガーン
優しい奴だよなぁ…
イヤイヤそれって逆効果って言うか神経逆撫でしてませんか!?
むしろそれがとどめだったんじゃ…
なんか貴族の人って天然の人が多いんですかね…？
空気よめないと言うか…
小式部内侍にお母さんからの文は届いたか？って聞いた人もそうだったけど…
そうか？
しっかし恋愛や出世に大きく影響するなんて…
和歌が詠める事って本当に生きていく上で重要だったんですね
フン
やっと理解したか
というわけでお前、和歌を詠んでみろ さあ！
ずいっ
ビビッ!?
よっ詠めるわけないって さっきも言ったじゃないですかっ
定家さんも少しは空気をよんでくださいよっ
空気などよまん 私がよむのは和歌だけだ
つーん
何うまい事言ってんスか…
大喜利デスーー！

平《たいらの》兼《かね》盛《もり》

藤原公任《きんとう》が編さんした『三十六人撰』にのっている平安時代の代表的な歌の名人三十六人を「三十六歌仙」と呼ぶが、その一人が兼盛である。光孝《こうこう》天皇の流れをくむ「光孝平氏」の血脈で、もとは兼盛王と称し、臣籍降下(姓をもらって皇族から臣下となること)して平朝臣姓を賜り、平兼盛と呼ぶようになった。

役人としては、越前《えちぜん》や駿河《するが》などの地方官を歴任。生まれ年は定かではないが、80歳くらいまで長寿を保ったと思われ、最終的な官位は「前駿河守従五位上」だった。勅命によって編さんされた勅撰和歌集である『拾遺《しゅうい》和歌集』や『後拾遺和歌集』では代表的な歌人の一人とされ、『後撰和歌集』以降の勅撰和歌集にも多くの歌が採録されている。

教科書にのらないここだけの話

平兼盛は、村上天皇が開いた歌合「天徳内裏歌合」で、壬生忠見の作「恋すてふ　わが名はまだき立ちにけり　人知れずこそ思ひそめしか」とデッドヒートを演じたことで有名だ。歌人としてはまことに華々しい活躍を見せた存在だが、宮仕えの身としては、非常につらい生涯を送ったようだ。当時は、京都勤務の下級官吏より、受領《ずりょう》などの地方官の方が圧倒的に裕福だった。越前権守《ごんのかみ》や山城《やましろの》介《すけ》を歴任した兼盛は、その後、中務省《なかつかさしょう》の大監物という役職に就いた。これは諸官庁の倉庫の鍵を管理・出納する事務を監督する仕事だった。兼盛はこの大監物の職に、十数年も留められたのだ。

おそらく70歳くらいの頃、兼盛は朝廷に嘆願書を出した。そこには「一国を頂戴したものは楽しみしかない。金は蔵に満ち、酒もご馳走も積みあがっている。数カ国を転任すればもっと贅沢ができる。自分のように京都勤務で年を取った人間は悲惨なものだ」と、恨み言ともとれる内容が書かれている。結果、この嘆願が受け入れられて兼盛は駿河守を拝命した。ずいぶんと久しぶりに地方官の職にありついたわけだが、思えば70を過ぎて地方に下るとは、まことにご苦労なことであった。

私生活では、妻と離婚している。すでに身重だった妻は赤染時用《あかぞめときもち》と再婚した直後に娘を出産したため、兼盛は親権を主張して裁判で争った。しかし、この主張は容れられなかったという。ちなみに、この娘・赤染衛門《えもん》も有名な歌人となり、『百人一首』にも歌が収録されている。

コラム⑩

後朝

二人の着物を重ねて寝た様子から男女が一夜を共にした後の朝を「後朝」と書いて「きぬぎぬ」と読む
「衣衣《きぬぎぬ》」とも書く
当時は就寝時、畳の上に直接横になることが多かった
固ッ
そして寒ッ
そして硬度のある枕
固ッ
ふかふかの布団と枕は人類の発明した最高傑作の一つだと断言できるぞ
うっとり…
ボクのベッドから出てくださいッ

あと素晴らしきは床暖房!!
寝殿造は板張りの床でほとんど壁の無い造りのため冬は激寒だったのだ!!
よっぽど寒かったんですね…

後朝

平安時代の貴族は、寝殿造《しんでんづく》りと呼ばれる建築様式の建物に暮らしていた。現在の和風建築の源流とも言われる寝殿造りは、中央の寝殿には主人が、その北側には妻が住み、庭には大きな池があるのが特徴で、豪華絢爛《けんらん》な御殿建物というイメージで語られてきた。しかし、寝殿造りと一口に言っても、実際には身分や時代によって大きく異なり、さまざまなバリエーションがあったことが、近年の研究で明らかになっている。

部屋の内部は柱だけでほとんど壁はなく、開放的な作りであった。そのため、夏は比較的涼しいが冬は隙間風が入り非常に寒い。茣蓙《ござ》やむしろといった敷物から発展した畳はすでに平安時代にはあったが、部屋に敷き詰めるようになるのは室町時代から。この時代は人が座る場所、寝る場所だけに特別に敷いたので、クッション代わりにはなっても、防寒効果はあまり期待できなかった。

平安時代の婚姻形態は「通い婚」だった。男性が女性の寝所を訪ね、お互いの衣と衣を重ねて一夜を共にしたが、当時は衣を体の上に掛けて寝るのが一般的だったので、さぞかし寒かったことだろう。女性が十二単《じゅうにひとえ》を着るようになったのも、防寒が大きな理由なようだ。

翌朝、別れのときが訪れると、それまでひとつに重ねていた衣を男女が別々に身につけた。この様子から、愛を交わした男女が別れる朝や、その余情のことを「衣衣《きぬぎぬ》」「後朝」とも書くようになったらしい。

第五章　昼ドラちっくな忍ぶ恋

?
百人一首にはナゼお坊さんの和歌がたくさんあるんデショウ?
おっ知的好奇心だないいぞメアリー
当時は仏教への信仰が厚く貴族が晩年出家する事は一般的だったのだ
前にも言った通り今より死が身近だったからな…
極楽浄土への願いも強かったのだ
死を意識した時…老境にさしかかってからはもちろん、若くとも大病をきっかけに出家する事も多かった
坊主の札は13枚だが百人一首の歌人で出家した者は他にもたくさんいる
私もその一人だ
えッ
定家さんお坊さんだったんデスかー!?
ああ百人一首選定時は出家後だったぞ
72歳で出家したからな

出家するきっかけは人それぞれだが…
この、寂蓮法師などは私のせいで出家したようなものだ
定家サンのせいで?
どういう事ですか?
ていうか寂蓮法師ってどなたでしたっけ?
名前聞いたよーな気もしますが…
お前なー…
「三夕の歌」で有名だと教えたではないか
寂蓮の和歌はコレだ
村雨の 露もまだひぬまきの葉に 霧立ちのぼる 秋の夕暮れ
あ〜! 定家さんの和歌も入ってるって自慢してた「三夕の歌」ですか!
その寂蓮さんを出家させちゃったって… 一体何したんスか
何をしたわけではない 言うなれば私の存在そのもののせい…だな
彼は私の父・藤原俊成の養子だったのだが
父が49歳の時、家を継ぐ実の長男である私が生まれたため 30代半ばで出家したのだ
ええ〜!? 実の子に家を譲ったって事ですか!?

貴族の家では家督争いを避けるため長男以外の男子を出家させる事が多々あった…
それって体良く家を追い出すってことですよねひどいなぁ
一族繁栄のためなのだ
兄弟間の争いを防ぐだけでなく「一族の繁栄を祈る事に専念する」という役目があった
また、僧位が上がり朝廷の護持僧になれば政治と宗教の両面から権力を握る事ができる
さすれば一族の地位はより盤石なものになるからな
摂政関白の藤原忠通の息子である慈円《じえん》は13歳で出家し、38歳で延暦寺の最高位（天台座主《てんだいざす》）に任命された
しかも慈円は四度も天台座主に任命されているのだ
へえ〜やっぱり権力者の息子だから優遇されたんですかね？
それもあるだろうが…
どんな世界でも志を持っていないと実らんものだ
おほけなく うき世の民に おほふかな わが立つ杣《そま》に 墨染めの袖
これは慈円の和歌だが「身のほどをわきまえず思う、つらい世を生きる人々に私が住み始めた比叡山での祈りをおおいかけたいと」という意味だ
へえ〜！すごく立派な思いですね
イイ人デス〜！
やはり根底には深い信仰心があったのだ

ま、現代の感覚では
当時の人々の信仰心の
深さは理解できん
かもしれんがな
ちなみに
天皇も出家するぞ
天皇が退位すると上皇、
上皇が出家すると法皇と
尊称が変わるのだ
へ〜そういう
使いわけがあるんだ
「みゆき」の和歌の時
出てきましたネ
坊主めくりで天皇の
カードが出るとラッキー
なんデスよネ?
天皇カードは何枚
あるんデスか?
え?
え〜と
え〜と…
んん〜
パッと見分かんない…
縁《ふち》が縞《しま》模様の畳に
座っているのが
天皇だ
これは繧《うん》繝《げん》縁《べり》という
最も高貴な畳縁だ
ああ!!
そうでしたっ
※畳の縁の模様は
身分によって
決められていた
しかし絵柄は
メーカーによって微妙に
異なるからな
天皇以外が縞模様の畳に
座っている場合もあるし
蝉丸《せみまる》が坊主の姿じゃない
場合もある…
坊主めくりの際は注意しろ
坊主めくり
気に入らないと言う
わりにやたらと
詳しいですね…
えーと
縞模様の畳は…と

天皇の札は10枚…かな？
うち2枚は親王だ
シンノー？
天皇の子という意味だ
あとは10枚中2枚だけ女性ですね持統天皇と…
えっと
式子《しょくし》内親王《ないしんのう》
はっ
……
定家サン？
どうかしましたか？
ああ いや…
坊主めくりではその二人はかなり良い札だぞ
縞模様の畳に座った「姫」なので5枚もらえてもう一度札をひける
絶対坊主めくりやり込んでるよなこの人…
それにしても…
ん～
やっぱり天皇の和歌は有名なものが多いですね

これとか授業で習ったな〜
歌番号一番!!
秋の田の かりほの庵の 苫をあらみ わが衣手は 露にぬれつつ
天智天皇
農民の気持ちを詠んだ和歌だな
これも覚えてる!
春過ぎて 夏来にけらし 白妙の 衣干すてふ 天の香具山
持統天皇
初夏の風景だな
これも!
君がため 春の野に出て 若菜つむ わが衣手に 雪は降りつつ
光孝天皇
草をつむ様子だな
…なんか説明がなげやりですね
授業で習ったなら説明はいらんだろう
あっ!?
定家サン 私すごい事発見しまシタ!!
ほう、言ってみろ
天皇サンの詠んだ和歌 みんな「衣」って入ってマス!!
バーン

え？ あ〜 …ほんとだ
ほう、よく気付いたな 天皇と付く3人の和歌には みな4句目に「衣」という 言葉が含まれているのだ
やはりメアリーは 目のつけ所が違うな
ははは
What!?
目はココに ついてマスよー
え〜？ たまたま 衣って言葉が かぶっただけじゃ…？
でもこの人言葉遊びが 好きだからありえるかも
衣や袖という言葉は よく和歌に詠まれるもので…
百人一首にも 「衣」が含まれるものが5首 「袖」が含まれるものが6首ある
へ〜そんなに！
慈円さんの和歌にも 「墨染めの袖」って 出てきマシタ！
その和歌以外の「袖」は 皆、悲しみの表現だな 「袖を濡らす」という言葉が 現代でも残っているだろう？
この和歌の袖など もうグッショグショだ
見せばやな
雄島のあまの 袖だにも
ぬれにぞぬれし 色はかはらず
殷富門院大輔《いんぷもんいんのたいふ》
お見せしたいものです 雄島の漁師の袖さえ ひどく濡れても 色は変わらなかったのに…
色が変わるほど 涙で濡れてるって 事デスか？
そ、それは…もう グッショグショですね…

この和歌を詠んだ
殷富門院大輔《いんぷもんいんのたいふ》は
亮子《りょうし》内親王に仕えた
女房だ
亮子内親王?
亮子内親王は
式子内親王の
女きょうだいだ…
ん?
また少し
悲しそうな顔…
あまり感情を
顔に出さない人
だから気になるな…
天皇が詠んだ和歌では
あとは…
崇《す》徳《とく》院のこの和歌も
有名だな
瀬をはやみ
岩にせかるる 滝川の
われても末に あはむとぞ思ふ
へ〜!これも
天皇が詠んだ
歌なんだ
川によって離される男女…
まるで七夕だろう?
だから百人一首では歌番号
77番にしてやったぞ
ふっ…
そういう小ネタ
ほんと好きですねー
小ネタではない
細やかさだ
ハイハイ

男女・川とくれば この歌だな
これも天皇が詠んだ 和歌だが知っているか？
筑波嶺の 峰より落つる みなの川 恋ぞつもりて 淵となりぬる
陽成院
うーん 聞いた事あるような 気もするけど… 覚えてません
筑波山の男体山、女体山から 流れる川は男女川と書いて みなの川と読むのだ
男体山
女体山
男女川
川の水になぞらえて 積もっていく恋情を 詠んだ和歌だな
オーー！ なんだか エロティック デスねーー！
エロ…!?
筑波山は古代より 歌垣が盛んな土地 だしな～
ウタガキ？
歌垣とは野外で 男女が集まり 歌って踊って恋をした という風習だ
何か… 合コンみたいですね
ん～合コンと 言うより…
現代で言うところの パーリーピーポー
だな
party people?
はぁ…
鎌倉歌人なのに 発音いいッスね…

歌垣では男が求愛の和歌を詠みそれに女が返歌をするのだが…
上手く返せなければ女はその男と寝なければならなかった
ニヤッ
寝るってもちろんただ寝るだけじゃあないわよ?
み…乱れてるッ!!
そして唐突なオネェ言葉は何なんですかっ
ま、陽成院は土地柄を教養として知った上で用いているのだろうがな
ちなみにこの歌の恋の相手はなんと光孝天皇の皇女綏《やす》子《こ》内親王だ
なんと…って言われても全然分からないんですが
どなた様?
ん~
簡単に言うと政治的なライバルの娘だな
陽成天皇は9歳で天皇に即位したのだが奇行が目立つとされ17歳で廃位させられた
その後即位したのが光孝天皇なのだ
なるほど…自分の後に天皇になった人の娘ってことですか
その後陽成天皇は綏子内親王を後に迎えた
ワオ♡
へ~恋を実らせたんですね

陽成天皇の恋は実を結んだが… その子どもの元良親王は道ならぬ恋に破れたという
え…
一体誰に恋しちゃったんですか？
光孝天皇の息子である宇多天皇の愛人に恋をしてしまったのだ
えっ また光孝天皇の関係者ですか!?
親子そろって因縁深ぃな～
な、なんか訳わかんなくなってきた…
つまり こういう事だ
光孝天皇
子
子
宇多天皇
（光孝天皇の後に即位）
陽成天皇
子
元良親王
（天皇になることはなかった）
うわぁ… 皇族の人達の恋愛もドロドロしてるんですね
昼ドラちっくだろ？
ちなみに陽成院の母である藤原高子も在原業平《ありわらのなりひら》との道ならぬ恋が有名だ
定家サンがさっきから言ってる道ならぬ恋ってどういう意味デスか？
NO WAY?
禁じられた恋、してはならぬ恋という意味だ
ノーウェイの意味でだいたい合ってるぞ
藤原高子は帝の后になる女性だ
在原業平は身分違いの恋に身を焦がしたのだ…

……
また沈黙…過去に何かあったのかなでも触れて欲しくない事かもしれないし…
さっきから定家サン悲しそうデス～定家サンも道ならぬ恋したんデスか？
ド直球!!
メアリー…!!
ふっ…メアリーには敵わんな
そう、この私も道ならぬ恋に身をやつした事があった
相手は式子内親王だ
あ…さっき言ってたあの…？
どういった女の人だったんデスか？
彼女は後白河天皇の皇女であり賀茂神社の斎院《さいいん》だった
斎院とは神社に仕える巫女となった皇女のことだ
彼女は私の父・藤原俊成に和歌を学んでいた…
定家

定家…——
8歳の頃から10年も斎院を務めたあの方は…
自由にならない身にもかかわらずなんとも味わい深い恋の和歌を詠まれた…
恋は思案の外と言うが私より10も歳上で…皇女という身分の差をも関係なく…
あのお方に私はいつしか惹かれていたのだ
キャー♡ロマンスです〜それからどうなりマシタか!?
どうにもならん
え…
どうにかなる訳が無いだろう？内親王だぞ？
しかも斎院は生涯独身を貫くものだったからな
そうデスか…
しゅん…
やっぱり聞いちゃダメなやつだった…
しかし…

玉の緒よ
絶えねば絶えね ながらへば
忍ぶることの 弱りもぞする
私の命よ
絶えるなら絶えてしまえ
生きながらえば
耐え忍んでいる気持ちが
弱ってしまうから
彼女のこの和歌を
目にした時、
彼女も私と同じ気持ちだと
確信できた…
たとえ道ならぬ恋とて
和歌を通して
想いは通じ合っていたのだ
感動している
じ〜ん
……
何だ？
何を呆けている
や、その…
意外と純愛
なんだなぁと思って
意外とォ？
失礼な奴め

あいにく私は在原業平のように相手をさらって駆け落ちする度胸はないし…
※高子が入内する前に駆け落ちしようとしたが高子の兄達によって阻止されたという
『伊勢物語』より
業平ほど色好みではないからな
色好み？
色好みとは恋の噂の絶えない人物の事で
ま、平たく言えば女ったらしだな
なんでも業平が関係を持った女性は3733人だとか…
さんぜん…!?
女たらしの域を越えてませんかソレ!?
そんな女たらしの業平だが天皇の后となった高子の前で読んだのがこの和歌だ
ちはやぶる 神代も聞かず 龍田川 からくれなゐに 水くくるとは
秘めた情熱を紅葉になぞらえて高子だけに分かるように詠んでいるニクイ和歌だ
ああ！これは競技かるたの漫画の題名になってるし有名ですね！
あれ？でも
ちはやぶる？ちはやふるじゃないんですか？

たしか 漫画の題名は…
今では濁音が一般的だが 平安時代には清濁両方の 読み方があったからな それ故だろう
競技かるたもなあ〜… 気に入らんのだよなあ〜
ん〜
そうなんデスか?
あれは坊主めくりと違って ちゃんと和歌を読み上げる じゃないですか
札をいち早く取る事に 重きを置きすぎな気が してな… 上の句と下の句の冒頭だけ 覚えて歌全体を味わって いないように思えるのだ
例えばこの歌
憂かりける 人を初瀬の 山おろしよ はげしかれとは 祈らぬものを
源俊頼
想い人の冷たさを 山から吹く風に語りかける 革新的な恋の歌なのだが…
競技かるたでは 「うっかりハゲ」と 覚えるのだぞ
憂かりける〜 はげしかれとは〜
うっかりハゲは無いだろ うっかりハゲは!!
も〜和歌の世界ぶち壊し!!
ちなみに 式子内親王の和歌の 覚え方は 「たま忍ぶ」だ
オー!! ニンジャ〜
メアリー 好きそう…

在原業平《ありわらのなりひら》

最初の勅撰和歌集である『古今和歌集』の序文に記された六人の優れた歌人を「六歌仙」と呼ぶ。業平はその一人であり、「三十六歌仙」にも含まれている、平安時代を代表する優れた歌人である。父は平城天皇の第一皇子阿保《あほ》親王、母は桓武天皇の皇女伊都《いず》内親王と、実に高貴な血筋だったが、父の阿保親王の申し立てで臣籍降下して在原姓を賜った。

平安時代初期の歌物語『伊勢物語』の主人公である「昔男」のモデルと古くから考えられ、『伊勢物語』の作者が業平本人だとの説も根強くあるが、現在に至るも明確な答えは出ていない。官人としての昇進を重ね、最終的には蔵人頭《くろうどのとう》従四位上行右近衛権《うこんえのごんの》中将《ちゅうじょう》兼美濃権守《みののごんのかみ》となっている。

教科書にのらないここだけの話

在原業平といえば、色恋である。『日本三代実録』には、「体貌閑麗、放縦《ほうじゅう》不拘《ふく》（かかわらず）」と記されているように、優れた容貌で奔放に生きた人物だったことは周知の事実だ。業平は、古くから美男の代名詞、色好みの典型ともてはやされてきた。

清和《せいわ》天皇の女御で、のちに皇太后となった二条后（藤原高子）との若き日の「道ならぬ恋」はよく知られている。二人の関係は、高子が入内することによって幕を引き、悲恋に終わった。業平の生涯をたどると、伊勢の斎宮と一夜の契りを結んで関係者を慌てさせた話や、皇位継承争いに敗れた失意の惟喬親王との風流の交わり、さらには『伊勢物語』にも描かれた「東下り」など、冒険物語の主人公かと見まがう華やかな逸話ばかりである。『伊勢物語』の主人公は、「わが身を必要のないもの」と思って、失意のうちに東国に下ったことになっているが、業平の実際の「東下り」は、気楽な物見遊山の部分もかなりあったようだが。

その奔放な生活ゆえか、文徳《もんとく》天皇の時代、業平が官職についた記録は途絶え、昇進のレールから外れてしまう。しかし、清和天皇の代になると、業平は再び昇進をするようになり、陽成天皇の御代には蔵人頭という要職に抜擢された。これは若き日の悲恋の相手である高子（清和天皇の后、陽成天皇の母）の配慮であったと考えられている。かつて愛し合った女性のお陰で出世を果たす。まさに、希代の色男の面目躍如《めんもくやくじょ》であろう。

コラム⑫

笏《しゃく》

ずっと気になってたんデスが定家サンが持ってる物何デスか？
ああ　これか
これはしゃもじだ
お腹が空いた時すぐご飯が盛れるように常に手放さないのだ
そうなんデスねー
…すまんウソをついた…
これはアイスの棒だ
お腹が空いた時舐めるとほんのり味がするのだ
ウソばかり教えるな

背中がかゆい時もべんりだぞ
ふふふ

笏

宮廷貴族が、正装である束帯《そくたい》を着用する際に、右手に持つ細長い板を「笏」と呼ぶ。古代の中国では、儀式などの際に備忘用に書きつけをする板だったらしい。要するにカンニングペーパーである。

日本に伝わったのは六世紀と推定されている。日本でも当初は、朝廷の公事《くじ》の際、備忘のために式次第を書き込んだ「笏紙」という紙を裏に貼り付けて使用していた。やがて笏を右手に持つスタイルそのものが定式化・様式化し、権威を帯びるようになってくる。そして、重要な儀式や神事にあたり、持つ人の威儀を正すために、笏を持つように変わっていった。

笏には、持つ人の位によって差が付けられた。日本最初の本格的法体系である大宝律令《たいほうりつりょう》では、五位以上の者は象牙《ぞうげ》製の牙《げ》笏、六位以下は木製の木笏とすると定められていた。しかし、時代が下るにつれてその決まりはルーズになり、位階に関係なく牙笏を用いるのは礼服のときにのみで、普段は木笏で済ますようになった。笏の素材は象牙や犀角（サイの角《つの》）、木笏はイチイやサクラを用いていた。

笏の形は厳密には一様ではない。長さ一尺二寸、厚さ三分が標準の大きさだったが、誰が使用するか、使用する場面によって、角が丸かったり角張っていたり、微妙に異なるものを使用した。また、宴のときには両手に持った笏を音楽に合わせて打ち合わせる打楽器として使われる場合もあった。これを笏拍子《びょうし》と呼んだ。

エピローグ　愛しき言葉たち

実はこれ『古今和歌集』に出てくる言葉なのだぞ
えっ…古文なんだ!?
古今和歌集 上
『古今和歌集』 905年頃
紀貫之らによって編さんされた
ちなみに「生きとし」の「と」も「し」も強調のための助詞で言葉としての意味は無い
そーなんだ
卍
「マジ卍」と同じようなものだ あれも特に意味の無い強調表現だろう？
「マジ卍」って何デスか？
え〜と…う〜ん ボクもよく分かんないや
卍とはインドの神様の胸毛の形で仏教においてはおめでたい印なのだぞ
そこから寺の記号として使われるようになったのだ
胸毛!?
「マジ卍」はどんな場面にも何となく使えてしまうから爆発的に広まったようだがよく分からないまま使っている輩も多いのではないだろうか
そうですね…
まさか胸毛とは…
「マジ卍」と同じく「ヤバイ」という言葉もいろいろな場面で使われているな
「ヤバイ」！よく聞きマス
ヤバ〜イ（おいしい）
ヤバイッ！（キケン）
ヤバ〜イ♥（かわいい）
若者言葉の代表だが「ヤバイ」の語源はそう新しいものではないのだぞ

諸説あるが…江戸時代に牢屋のことを「厄場《やば》」と呼んだことから厄場に送られるような危険な橋を渡る状況の事を「やばい」と言うようになったという
へ～！そんな語源なんだ!?
ま、泥棒用語だな
元が泥棒用語ってことはやっぱり綺麗な日本語ではないですよね…
まァな
定家さんから見ると今の日本語の乱れってどう思います？
ヤバ～イ
マジあいつムカツク～
ビビるわ～マジ卍～
やっぱりなげかわしい…？
ジャパニーズスラング！
確かに、昨今の日本人は語彙《ごい》が少なくなっていると感じられるが…
しかし「ヤバイ」と同じくこれらの言葉も昔からあるものだからな
まじ
むかつく
びびる
えっそうなの!?
「まじ」は江戸時代の芸人達の間で使われていた業界用語だ
意味は今と同じく「真面目に」だな
「むかつく」は平安時代から胃部不快感を表す言葉として使われていたのだが江戸時代になって立腹するという意味でも使われるようになった
ほえ～
「びびる」は何デスか？

「びびる」も平安時代からある言葉で大軍が移動する際に鎧同士がこすれて出る音を当時「びびる音」と呼んでいたのだ
びん びん!!
(鎧が触れ合う音)
鳥が飛び立つ音を源氏軍のびびる音だと勘違いし平家軍が逃げ出したという故事から「びびる」という言葉に怖がるという意味が生まれたと言われている
ホントですかァ!?
※ホントらしい
そっかぁ… 今どきの言葉だと思ってたけど実は古い言葉って結構あるんですね
そーだぞ お前は古文が苦手だと言ったが昔の言葉の延長線上にお前の使っている言葉があるのだ
意識せずとも感覚的にニュアンスを摑めてしまうのが言葉の面白いところだが…
当たり前に使っている言葉を深く考察する事が大切なのだ
「根掘り葉掘り」という言葉があるがそもそも「葉っぱを掘る」って不可能じゃないか?とか
「どんちゃん騒ぎ」のどんちゃんって誰?とかな
どんちゃんって人の名前じゃないでしょ!?
ネタにマジレスするなよ…
『どんちゃん』は楽器の音だ
ハア…

ま、つまりは探究心を忘れず日本語力を高めろという事だ
言葉は自分を表現する術そのものだからな
…あの…ボク、まだあなたの事ただのコスプレをした百人一首マニアじゃないかとも思ってるんですが…
コスプレじゃないっつーの
あなたが本物の藤原定家さんなら…本当にすごい人だと思います
自分の表現したものが千年も後の世に残るなんて本当にすごい事です…
いや〜それほどでも〜
まんざらでもなさそうですね
ま、でもお前も表現者のはしくれではないか
ハイ？

ホラ、お前が書いてる
異世界転生モノの
ライトノベル…
ベッドの下に
隠してあったぞwww
わぁあああぁぁ!?
何勝手に読んで
るんスかあああ!?
いつの間にっ!?
ネイトが書いたデスか!?
読みたいデス~!!
笑いたきゃ
笑ってくださいよッ
ライトノベルなんて
くだらないと思って
るんでしょっ
どーせボクの書いた作品なんて
何百年も残る物じゃないですしねっ
フー…
バカめ
バカァ!?
卑下する
ことは無い
例えば…
そうだな

人知れず波打ち際に
和歌を詠んだとする…
ザザー
たとえそれがすぐ
波で消されたとしても
立派な創作活動だと
私は思うぞ
自分の死後も残り、時間を越えて後世の人間に心情を伝えられるというのが文字の素晴らしいところではあるがそれが全てではない
言葉そのものに魂があるのだ
ネイトは小説書く人でシたか！私も何か書いてみたくなりました！
英語で和歌みたいな掛詞ができないか考えるのも面白そうデス！
日本語難しいデスが和歌も詠んでみたいデス！
おー詠め詠め

ま、興味のある事は
何でもやってみろ
お前は今
生きているんだからな
スー…
!
定家さんッ
透けていってます!!
人が
生きていられる
時間は短いぞ
ライフイズベリーショート
精一杯生きろって事だ
じゃあの
消え…ちゃい
まシタ…
最後の言葉が
「じゃあの」って…
ていうか本物の
幽霊だったんだ!?

…ボク、文章をずっと書いていくよ
人に読んで貰える日が来るまで…ううん、読んで貰える日が来なかったとしても書き続けるよ…!
ありがとう…定家さん
にゅっ
あ、お前の書いたライトノベルだけど冒頭「死んだと思った瞬間気がついたら異世界」ってベタすぎるから変えたほうがいいぞ
!?
そんな気軽に札から出て来ないでくださいっ
今感動的にまとまりそうだったのにっ
え〜
じゃあこんな感じに服に魂宿らせるのはどうだ?
OH!
歌人ティーシャツ!
ピョン吉…
そーれ
ははは
キャー
やめろ〜
ボクのさわがしい日々はしばらく続きそうです

おしまい

ありがとう
ございました
萬謝
THANK YOU!!

百人一首 人物相関図

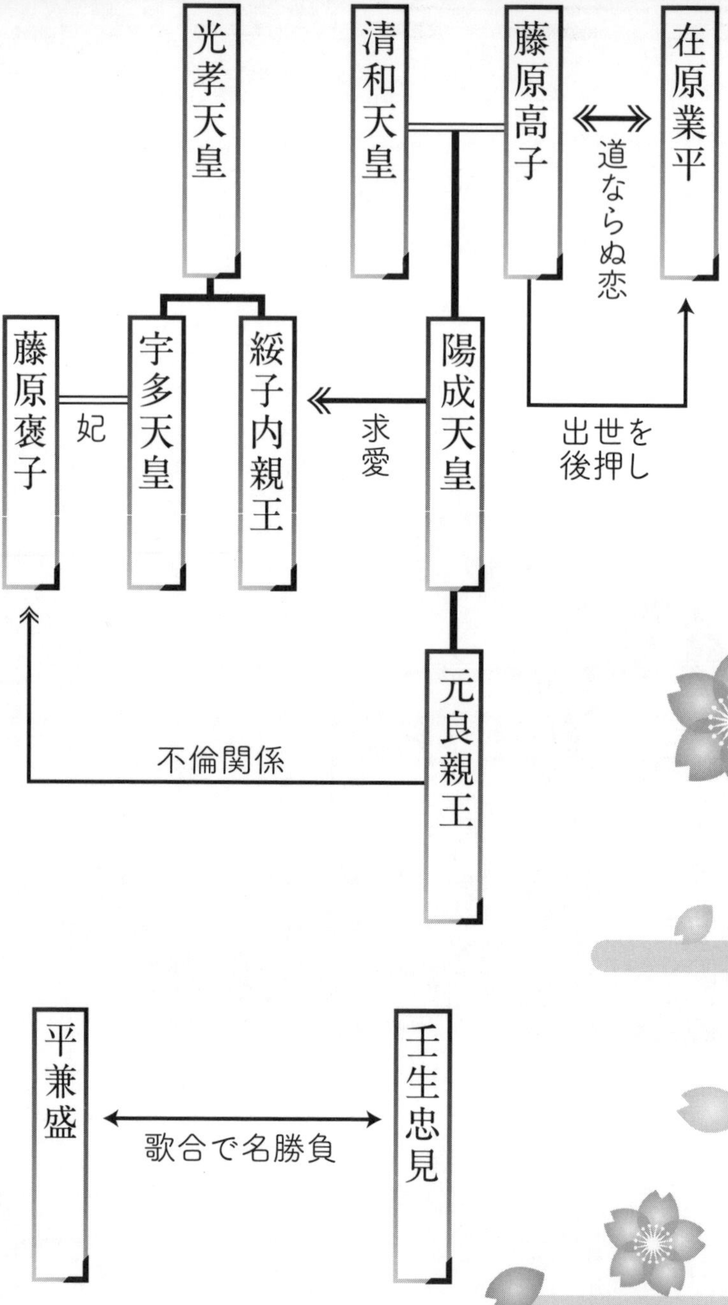
在原業平
藤原高子
道ならぬ恋
出世を後押し
清和天皇
光孝天皇
陽成天皇
綏子内親王
求愛
宇多天皇
藤原褒子
妃
元良親王
不倫関係
壬生忠見
平兼盛
歌合で名勝負

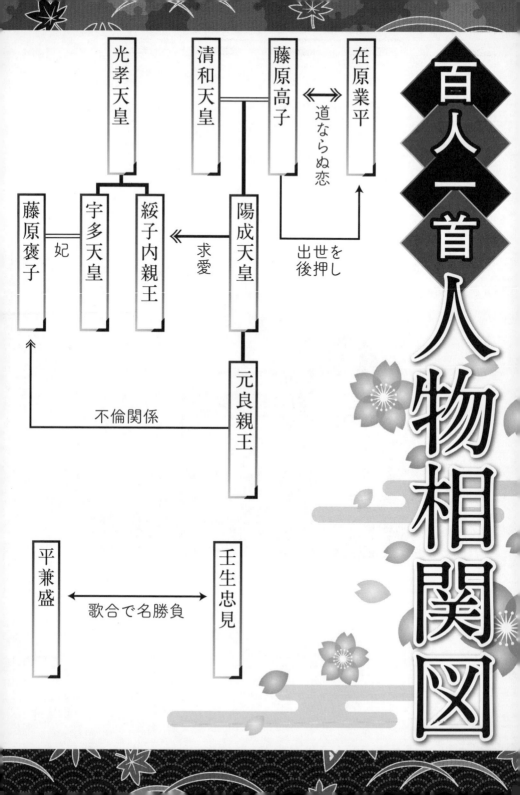

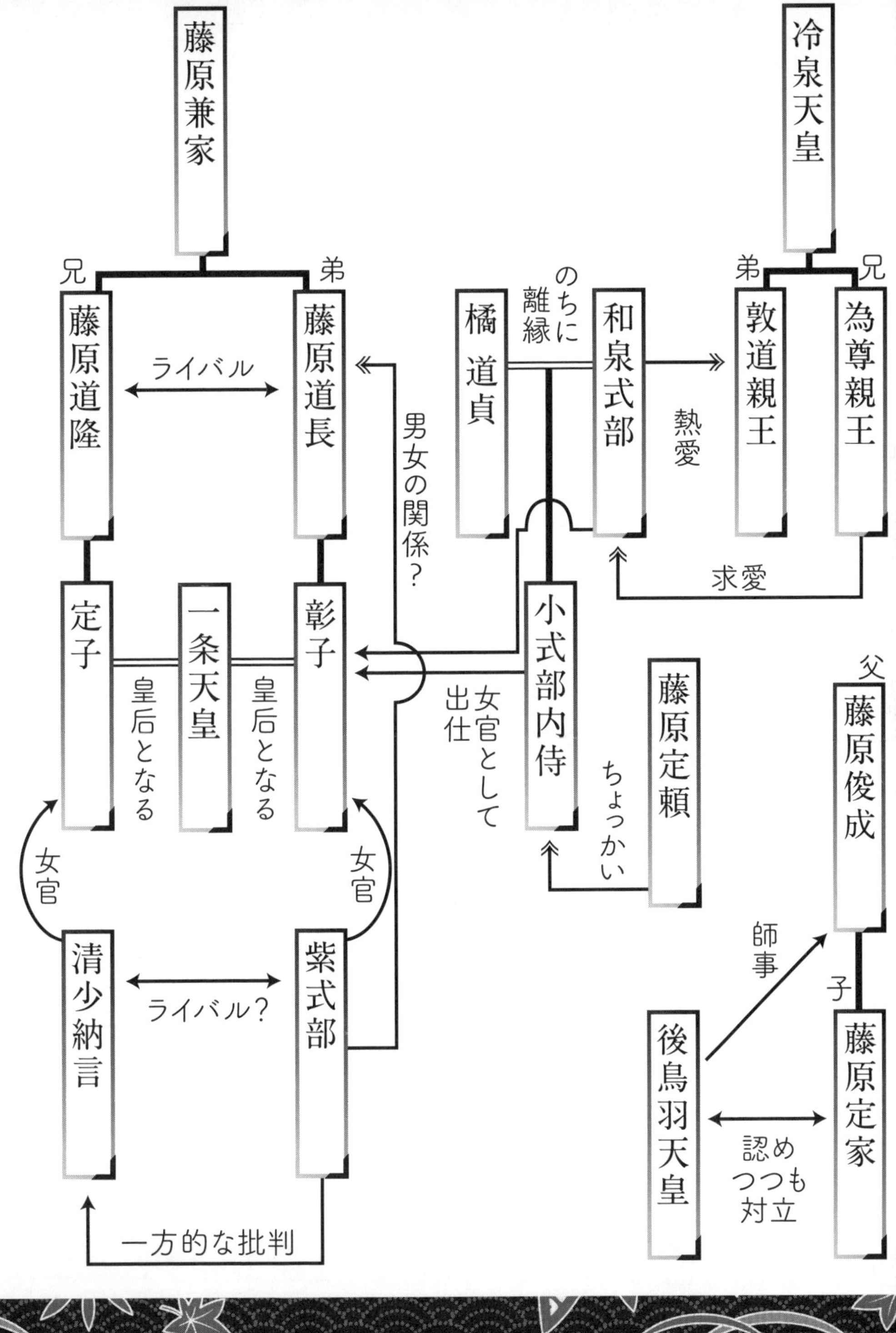

冷泉天皇
兄
為尊親王
弟
敦道親王
求愛
熱愛
和泉式部
のちに離縁
橘道貞
小式部内侍
女官として出仕
ちょっかい
藤原定頼
父
藤原俊成
子
藤原定家
師事
後鳥羽天皇
認めつつも対立
藤原兼家
兄
藤原道隆
弟
藤原道長
ライバル
男女の関係？
定子
一条天皇
彰子
皇后となる
皇后となる
女官
女官
清少納言
紫式部
ライバル？
一方的な批判

図解 百人一首 歌人年表

1000　900　800

在原業平（享年55）　825–880

平兼盛（享年不詳）　不詳？–991

藤原道長（享年61）　966–1028

清少納言（享年不詳）　966？–1025？

紫式部（享年不詳）　970？–1019？

和泉式部（享年不詳）　978？–不詳？

小式部内侍（享年不詳）　999？–25

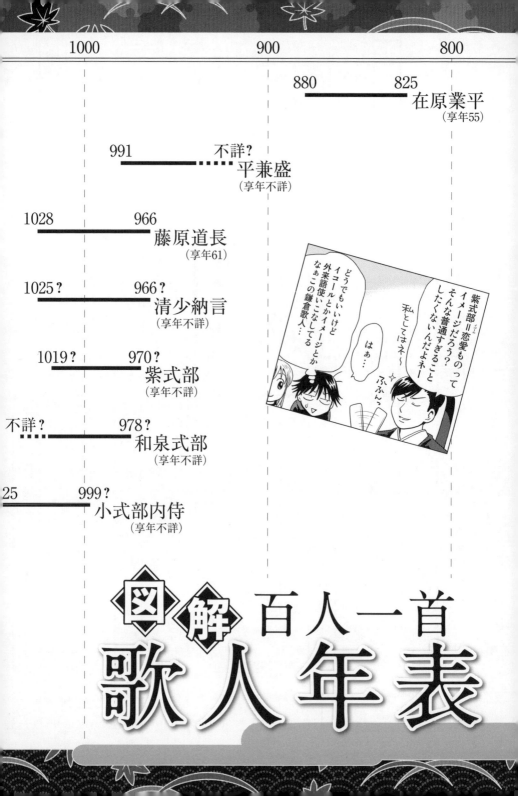

1250 1200 1100

1204 — 1114 藤原俊成（享年90）

1241 — 1162 藤原定家（享年79）

1239 — 1180 後鳥羽院（享年59）

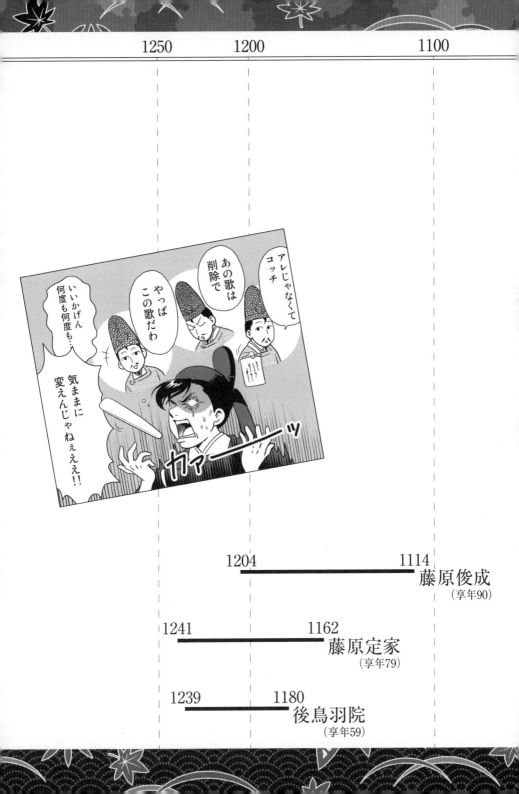

あとがき

藤原定家という人物を知るにつれ、その強烈なキャラクターに惹かれました。和歌に対する凄まじい熱量。彼の残した作品の端々に、誰よりも和歌を極めんとしている自負を感じます。プライドが高くて頑固で偏屈。身近にいたらちょっと大変な人かもしれませんが、キャラクターとしては面白い！ とても魅力的な人です。

和歌に並々ならぬ情熱を燃やした定家ですが、写本の作成にも熱心に取り組みました。彼のおかげで現存できた作品も多いのではないでしょうか。意外な事に、定家の書く文字は丸文字のようなコロンとした可愛らしい字。昔の人の書いた文字は崩してあるので繋がっていて読めないイメージでしたが、定家のそれは現代人でも読める字です。読みやすく、書き写す際に間違いが起きにくいよう、くっきりはっきり書く。あのころりんとした文字に、優れた作品が後世に正しく伝わって欲しいという定家の気概を感じます。その後、定家の丸みを帯びた文字は定家様《ていかよう》と呼ばれ、書体として確立しました。意識してみると現代の生活の中でも見かける定家様。お店で見かけた商品名の筆文字に「あっ、これは定家様!? 定家さんたらこんな所にもいたのね」と、まるで旧友に再会したような、なんとも嬉しい心持ちになりました。

定家の残したいろいろな言葉たち。千年も前の事にも関わらず、その鮮やかさは失われていません。言葉とは実に不思議なものです。千年前の人々の言葉は、いつの時代も人の心は何一つ変わらないという事を教えてくれます。「美味しいものを食べると、あの子にも食べさせてやりたいと子どもの事が思い出される」という意味の長歌が『万葉集』にありますが、これは奈良時代に詠まれたものです。親が子を思う気持ちは今も昔も変わりません。七つまでは神のうちと言われていたほど乳児死亡率が高かった当時。子を喪う悲しみも、きっと今と変わらなかった事でしょう。様々な和歌に触れるにつれ、昔の人も、泣いて、笑って、愛し、愛され、精一杯生きていた。そんな当り前の事を心にしみて感じます。

このような機会を与えてくださった渡邉さまに感謝を。作業してくださった濱下さま、最後までご尽力してくださった原田さま、本当にありがとうございます。監修してくださった方、文字を入れてくださった方、デザインしてくださった方、印刷所の方々…この本に関わったみなさまに心より感謝申し上げます。最後までお目通しくださったあなたにも。ありがとうございます。

二〇一八年十一月二十一日

関根尚

関根 尚（せきね・なお）

漫画家・イラストレーター。群馬県出身。多摩美術大学卒。親子で楽しめる無料の知育アプリ「FamilyApps」で育児漫画を連載中。現在は、三人（一男二女）の子育て中。著書は『パパは鈍感さま～子育てよりダメ旦那育て!?』（徳間書店）、『夫イクメン化計画奮闘日記』（学研プラス）、『教科書では教えてくれない日本文学のススメ』（学研プラス）。

実《じつ》は昼《ひる》ドラちっくな!?
百《ひゃく》人《にん》一《いっ》首《しゅ》

2018年12月25日　初版第一刷発行

著者◎関《せき》根《ね》 尚《なお》

発行者◎塚原浩和

監修・校正◎三猿舎

発行所◎KKベストセラーズ
〒171-0021
東京都豊島区西池袋 5-26-19
陸王西池袋ビル4階
電話　03-5926-6262（編集）
電話　03-5926-5322（営業）

印刷所◎近代美術株式会社

製本所◎ナショナル製本協同組合

装幀◎西前博司［growerDESIGN］

DTP◎株式会社二葉企画

ISBN 978-4-584-13897-7 C0095